世蝶变

唐荷　魏农

著

吉林文史出版社
JILINWENSHICHUBANSHE

图书在版编目（ＣＩＰ）数据

蝶变 / 唐荷，魏农著． -- 长春 ：吉林文史出版社，
2020.6（2024.3重印）
ISBN 978-7-5472-6996-1

Ⅰ．①蝶… Ⅱ．①唐… ②魏… Ⅲ．①自传体小说—
中国—当代 Ⅳ．①I247.5

中国版本图书馆 CIP 数据核字（2020）第 113501 号

蝶变
DIEBIAN

著　　者：唐　荷　魏　农
责任编辑：钟　杉　王　新
封面设计：四川悟阅文化传播有限公司
出版发行：吉林文史出版社有限责任公司
地　　址：长春市净月区福祉大路 5788 号　　邮编：130118
电　　话：0431-81629363（总编室）　　0431-81629372（发行科）
印　　刷：三河市嵩川印刷有限公司
经　　销：全国新华书店
开　　本：170mm×240mm　1/16
印　　张：13
字　　数：232 千字
版 印 次：2020 年 8 月第 1 版　2024 年 3 月第 3 次印刷
定　　价：32.00 元
书　　号：ISBN 978-7-5472-6996-1

前 言

陈富兰

　　《蝶变》是一部关于教育孩子的自传体小说，作者通过高元洁与父母、老师的矛盾展现了网络时代的这批独生子女成长的过程。"元"有第一、元首的意思，"洁"为出淤泥而不染。元洁性格叛逆，有着内心的渴望与追求，对虚伪的现实非常不满，并尽自己的力量进行抗争。

　　作者将书名定为《蝶变》，是饱含深意的，体现了唐荷的教育理念。其实，这本书可以看作是唐荷的一部"育女心经"，渴望通过别具一格的素质教育，使女儿像春蚕一样破茧而出，蜕变为一只美丽的蝴蝶，在春天的花丛里自由自在地翩翩起舞。唐荷不愿看到女儿的个性被压抑，变成一个唯唯诺诺、只会死读书、高分低能的书呆子。比如，"林采唐"会为女儿打掩护，替女儿向老师撒谎请病假，从而让孩子有时间参加一些更有益的社会活动；当女儿不愿意做那些机械重复的作业时（比如将英语单词抄写几十遍之类的），"林采唐"也会站在女儿的立场上，同老师据理力争，并往往取得胜利，让女儿免受这些低效重复的学习之苦。"林采唐"不求女儿在中考、高考中取得特别优异的成绩，也没有苛求女儿能进什么北大、清华，她最大的希望是女儿能够快乐成长，身心健康，有爱心，充满社会责任感，以后能够更好地适应社会。

　　唐荷是一名全科主治医师，也曾投身商海，从未涉猎过教育方面的知识，然而她似乎天生是个教育家，她用大爱滋养着孩子成长。

　　杜威的教育理念，区别于赫尔巴特提出的"课堂中心""教材中心""教师中心"的"旧三中心论"，他提出"儿童中心"（学生中心）、"活动中心""经验中心"的"新三中心论"。

杜威的这些理论从某种程度上来说是对以赫尔巴特为代表的西方传统教育思想的反对与矫正。杜威认为，传统的以"旧三中心论"理念为指导的教育，儿童只能受到"训练""指导和控制"以及"残暴的专制压制"，去除这种弊病的出路是使教育实现重心的转移，"这种转移是一种变革，一种革命，这是和哥白尼把天体运行的中心从地球转移到太阳一样的那种革命"。在这里，儿童变成了太阳，而教育的一切措施则围绕着他们。

　　显然，杜威的教育理念强调打破束缚学生发展的桎梏，从而使学生的天性尽可能地得到发展。这种教育理念张扬了学生的个性，在一定程度上有利于创造型人才的培养。

　　在当前的中国，教育出现了一些问题，有的问题还非常严重，究其原因自然是多方面的。可是，过度推崇杜威的教育理念，片面强调张扬学生的个性，过度强调保护孩子的各种"权利"，无疑是非常重要的原因。对孩子的片面宽容，对孩子不加选择地进行"欣赏教育"，使孩子过度张扬自己的个性，很有可能会使一些孩子成为缺乏社会责任感的"小皇帝"。唐荷强调在释放个性、张扬自我的教育模式的培养下，"高元洁"是颇有些性格的，甚至令作为妈妈的唐荷都有些头疼。其实，在杜威的教育理念中，即使是其中比较合理的成分，在具体运用过程中，也需要老师或家长具备更高的素质，对此，唐荷可能运用得得心应手，然而并不是每一个家长都能做到这一点的。实际上，唐荷有时也不由得叹息，对女儿也有些无可奈何，称女儿是"放养"出来的，母女有冲突的时候，无奈之际往往采取妥协的办法，然而种瓜得瓜、种豆得豆，自己种下什么样的因，必然会收获什么样的果。

　　面对中国教育表现出来的这些问题，基层的教师悲叹道："我们的教育出了问题！"有些敏锐的教育家也意识到问题的严重性，开始重新强调：在教育中"惩戒不可或缺"，主张教师应该重新高举起自己的教鞭，应该重新强调师道尊严。在万般无奈之际，很多教育家又把孔老夫子祭了出来，很多学校在最显著的位置塑上了孔子像，不少学校开设读经课，甚至还出现了名噪一时的"国学班"。几岁的孩子被送进类似于古代私塾一样的教育机构里，课程以"四书五经"为主，经过十几年严格的教育，想将孩子培养成类似古代儒生一样的谦谦君子。这些做法可能算是一种中国特色的传统回归。在这方面，传统文化源远流长的中国有着极为丰富的教育资源。然而，我个人认为，过度强调解放学生个性与过度迷信传统，可能都走向了各自的极端，都是不可取的，在实践中都会出现比较严重的问题。前者可能使一个本来谦敬踏实的孩子成为桀骜不驯的"小霸王"，后者可能会使一个活生生的孩子成为一个无法适应社会的"书呆子"。

那么该怎么办呢？那就是借鉴，借鉴古今中外一切教育学上的优秀成果，博采众长，构建符合中国国情的教育理念和教育模式，才能使中国教育走出当前面临的困惑。

然而，言易行难，借鉴本身是非常复杂的，况且，很多教育理论存在内在的冲突，往往很难兼容。所以，制定出一套切合国情，既有利于解放孩子的个性，促进孩子潜力的挖掘，又有利于养成孩子诚实、守法，富有责任感的比较健全的教育理念或教育模式，的确还需要很长一段时间的探索。唐荷教育孩子有着自己的原则，她深知防微杜渐，不允许孩子产生任何的依赖，比如：孩子会拿碗筷绝不喂饭；孩子能独立行走，绝不抱她；孩子从抽屉里拿钱，她严厉指责；她不断地做慈善，不停地把家里的东西一箱一箱地运往边远山区……她以榜样的力量影响着孩子。她渴望孩子快乐同时又时时用心触摸孩子，陪着孩子一起渐渐长大。作为一个普通的妈妈，唐荷希望此作品能引起教育界的重视，让大家一起完成历史交给我们的使命。与他人不同的是，唐荷用大爱滋养孩子，用行动教育孩子，她不停地资助贫寒学子，开设奖学金，开设爱心书屋，把女儿一点一点地带上公益之路，从而为女儿的成长打开了一扇亮丽的窗户。

目　录
CONTENTS

第一章　儿时的琐碎

第二章　初中阶段

第三章　高中阶段

待着……

几个小时过去了，上苍把我的精、气、血全都抽得一干二净，随着耳边响起清脆的哭声，婴儿呱呱落地了，脆响的高音告诉我，定是女儿无疑。

我似乎飘浮到了天堂，一个焦虑的声音问道："是男孩还是女孩？"

一片静寂——原本喧闹的走廊杳无声息。我感到自己走完了人生历程，这个世界似乎不再需要我的存在。有个天神在向我招手："孩子，这是你必经的大劫难，你在数年前流过产，那是一对双胞胎，你的尘缘已尽，和我一起到天堂走一趟吧！"天神牵着我的手与她一同飞升，翻山越岭，医生、护士们不停地忙碌着……

"血压70/30毫米汞柱。"

"快输O型血400毫升！"

"肾上腺素5毫克！"

"吸氧！！！"

就在这时，我隐约地听到婆婆的声音："大人平安吗？"

这句话给了我无限的宽慰，让我冰凉的心有了温暖……我不能离开人世！孩子不能失去妈妈！在这令人目眩的一瞬间，我用自己的血肉创造出一个可爱的小精灵，我不能离开宝宝！这种震撼宇宙的爱的巨浪把我从头到脚地裹住，翻转着，把我卷入苍穹……

女儿，你的生命是爷爷奶奶外公外婆爸爸妈妈的延续，是男女交流的孕育，是大海和青山的交融。

一种信念油然而生，不！我得活下去，我得坚强地活下去，我的家那么温暖，我的老公需要我，孩子更需要我……

院长、书记、妇科权威专家都赶到了现场……

经过一天一夜的抢救，我终于睁开了双眼……

春节一过，年的气息似乎很快就淡了，一切又恢复了往日的平静。然后我生孩子的事情似乎被提到了日程上来，亲朋好友们、医院的各级领导们也纷纷到病房来探访，诉几句温暖心怀的问候，竖一下大拇指，毕竟我的老公高章腾在这所县级医院工作了十年，也算是老员工了，我迷迷糊糊地睡着了，婆婆倪领弟把新生儿紧紧地抱在怀里，她时而用方言哼着催眠曲，时而站起身摇来晃去的，时而唠叨几句松溪俗语，她完全沉醉于喜得孙女的欢欣和快乐中……

我好渴望能阻止婆婆所做的这一切，孩子的出生意味着一张白纸呈现于眼前，这是一幅人生的画作，由身边的每一个亲人去填写，赤橙黄绿蓝靛紫……各种彩笔一笔一画画上去的，每一笔都将成为烙印，成为一种永恒……

我筋疲力尽，披衣站了起来，只觉得眼前一片漆黑，啥也看不见，扶着床沿休息了一会儿，一切似乎又清亮了起来。我扶着墙壁缓缓地上洗手间，动作是那么迟缓，像一个正在康复的肢体偏瘫的老太太，下肢慢慢地划着一个又一个弧形，终于来到了洗手间，无精打采地瘫坐到坐便器上，每一个动作对于我都是那么吃力，随后又返回病床上……

"林采唐，打针！"一个年轻护士洪亮的声音喊道。

我把手伸到腰后，颤抖的手缓慢地掀起衣裳，感觉到一阵冰凉，应该是消毒吧。过了一会儿，我没有感到丝毫的疼痛，护士便离去了，也不知道护士是否打了针……

我的同事赵晓芳医生来看我，高章腾忙请教她："晓芳，你帮我老婆看看，她血流得比较多。"

赵晓芳曾是卫生院的妇产科医生，现在是本院的心电图科医生。

"采唐，你躺平。"

等我躺平，她用手按压我的下腹部，我本能地开始反抗，感觉她压得比较深。她忙解释道："我触摸一下宫颈的高度。"她压得有点儿重，让我感到极度的不适，一股热乎乎的液体迅速地淌了出来，糊状物喷涌而出，像一根炸开的水管似的……

"血怎么这么多？"晓芳用颤抖的声音惊讶地问道，她呆立在我的身边，意外的血量令她有点儿不知所措……

"贾医生……"高章腾用颤抖的声音高呼着，惊恐万分、跌跌撞撞地直奔医生办公室，那声音一直回响在我的耳边，我明白那意味着什么，我永远忘不了那悠悠的发颤的恐慌……

我无能为力地躺在病床上一动不动。

产后大出血惊动了全院的上上下下。钱院长打电话给全县最权威的妇产科魏主任，电话无人接听，张医生骑车去魏主任的诊所，然而大门紧锁。大家都不明白出血的原因，两个小时后，一切恢复如常，血无缘无故地来了，又莫名其妙地停止了，大家便不再把它挂在心上。我体温37.8℃，低热，血色素仅6克，肌注时没有痛觉……

当护士小姐把包裹着的女儿递给我时，我高兴得竟连一声"谢谢"都忘了说，我深情地欣赏着可爱的女儿，突然发现，女儿的眼睛虽没睁开，可她一直在乐。呵呵，我明白了，她是在笑看世界，笑看人生啊！

　　每一个生命的孕育都是一场爱的种子的播撒，没有父母的赤诚相爱又怎么可能种下这样一颗爱的种子呢？这颗种子在母体中经过了一家人无微不至的关爱。每一个孩子的出生都经历过一场惊心动魄的较量，有谁会想到自己在出生之际所经历的风霜雪雨。这颗种子在成长后，遇到心仪的另一半，这时便是果实累累的时刻。继而又开始孕育新的种子，又有谁计算过自己的一生要有多少人的关爱才能顺利地完成人生的行程呢？

第二节　独立性的培养

大自然物象万千，风有风声，雨有雨音，人有人言，鸟有鸟语……造就了一个混沌而有活力的世界。然而，在我的心里却流淌着一种奇特的声音，这种声音比任何声音的形式都丰富，比任何声音的韵律都动听，也比任何声音的内涵都深厚，那就是生命成长的声音。

女儿出生后一周，婆婆便回橘子山上了。新生儿安放在我的身旁。我像所有初为人母的女人一样带着不可抑制的激动与期盼，含着泪忍着疼痛看着她——我可爱的女儿！每天，她都依偎在我的身旁。她笑，我也笑；她哭，我就急……

天渐渐地暗了下来，高章腾下班了，他仔细地询问我的各方面情况，觉得一切安好时，女儿哭了起来，声音洪亮，高章腾连忙冲过去打算抱她……

我用微弱的嗓音问："你看一下尿布湿了吗？"

"不湿。"

"刚刚喂饱了，不要理她。让她哭，孩子怎么能不哭呢？你抱一天，痛快了，舒服了，以后怎么办？孩子天生就是很聪明的，你今天舍不得她哭，以后便会被她折腾晕了。"我板着脸。高章腾几次三番地把手伸到了孩子的身边，但迫于我的反对，只好作罢。

女儿似乎感受到了父亲的关爱，哭声更响了，那清脆的哭声划破了夜幕的静寂。高章腾毕竟深爱着我，更何况我刚刚从死亡境地逃离。他不忍心让我生气，他也不忍心让女儿哭泣。他犹犹豫豫了无数次，每次走到女儿的身旁，把手伸向女儿时，便被我的呵斥声阻止了……女儿哭了许久，声音渐渐地嘶哑了，她似乎哭累了，声音越来越小了。她似乎不得不接受既定的事实，没有人会来救她，她渐渐地进入了梦乡……

　　我们给女儿取名叫元洁。"元"有第一、元首的意思，"洁"为出淤泥而不染。从出生开始便乖乖地躺在床上，除了大小便和喂奶，我不让其他人抱她。婴儿一出生便有感知觉、味触觉、听觉等，护工重重的关门声都会令婴儿全身不由得抖动一下。婴儿非常敏锐地感知到周围的一切，尤其是大人的宠爱，只要你一抱他，或者是摇晃他，他便享受到温暖和呵护。如果你不再拥抱他，他便会不停地啼哭，甚至哭得惊天动地，口唇发紫。千万不要认为孩子还没长大，不懂事。一个人的一生便是一幅画，每一天都可能填上一笔或数笔，直到死亡，这幅画才呈现给世人……

　　元洁出生后，我们住在郊区，因为那儿的租金比较便宜，屋子的后面是一片竹林，不管是夜深人静之时，还是暴风骤雨之晨，屋后的竹林总少不了播放千姿百态的民俗音乐。微风吹拂，竹叶儿你拍我、我拍你，挤肩撩衣之际，发出温和的沙沙声，乐音入耳，便是一种人间少有的仙境。而风雨大作的时候，近处、远处的竹林共同演奏着一首交响曲，或是此起彼伏，或是群竹混响，坐在屋里倾听，比坐在演奏大厅里听音乐会还惬意。尤其是闽北冬夜忽下暴雪，密密的竹林因为枝叶相交，鹅毛大雪很快便压满了竹顶，你正在沉睡之中，忽然霹里啪啦一声断竹响，然后是一阵竹枝倒下的哗哗声，这时候你才知道，将又会迎来"瑞雪兆丰年"。

　　就这样过了一些日子，春夏之交，当冷空气袭来，连日春雨绵绵，个个又添衣添裤，缩手缩脚……正所谓春寒料峭，似乎比冬天还冷；当阳光普照，浑身汗湿，一个个翻箱倒柜地掏出夏装，大街上的情景真是令人眼花缭乱，有穿着棉衣棉裤的，有穿着短裙飘飘的，甚至还有汗衫短裤的……

　　俗话说："早起的鸟儿有虫吃！"天一亮，我便醒了，我从未有赖床的习惯，只要双眼一睁便一骨碌地翻身下床了。我深知高章腾历来睡眠很浅，尽管他没有说话，从他微动的腿得知他已被吵醒，但他仍渴望继续入睡，女儿就睡在我俩的中间，我蹑手蹑脚地穿好衣服便出门了，让他们好好睡吧！

　　"小小松溪县，两家豆腐店，衙门打屁股，全县听得见！"从郊区走到县城也只是一桥之隔，十分钟，我便走到了大街，街上仅有一两个菜农挑着担子在赶路，有几家早餐店的伙计正忙着生火揉面，才五点半，我悠闲地踱着步，前往卖肉的方向，我合计着："家里还有一些公公种的芋子，切片煮汤，买一点儿五花肉，红烧着吃，味道好，特别是放刀的那块价格总是一斤便宜一元钱。买一点儿白菜就够了，一天花五元钱差不多。如今只有高章腾一人上班，我虽也有工资，可六个月的产假一过，以后就没处领钱了，能省则省吧！不能浪费，女儿一天加一个鸡蛋，其他的就和大家吃一样的吧，上个月老公订了一个月的牛奶，被我停掉了，吃什么牛奶，没必要，什么营养不够！我从小不也是喝稀饭长大的，连块豆腐都没吃到，不也活得好好的，儿孙自有儿孙福，过一天算一天！"

高章腾起床后，快速洗漱完毕，就着昨天的剩菜，喝了我准备的稀饭，匆匆上班去了。我清闲地到了二楼，抱起醒来的高元洁："宝宝真乖，妈妈把一切都弄好了，菜也洗了，等十点钟把电饭煲插上去，炒两碗菜就可以了，宝宝快尿尿！然后吃饱饱！好不好？"

高元洁显得特别开心，等她吃饱喝足了，我便把她放到了床上，她似乎不太安分，一次又一次地伸出双手渴望我抱她。

"不能想妈妈抱，懂吗？妈妈今天陪着你，但不能保证明天也能陪着你。人生每一天都有无穷无尽的变化，很多是不可预测的，妈妈见过很多很多变故的家庭，每一个人都要靠自己去走人生之路，我给你一张纸，你自己玩。"

高元洁似乎对纸产生了极大的兴趣，她抓着那张纸，揉着、捏着、撕着……一双小手玩弄着那张纸片，那纸像逗她开心似的，偶尔还会掉到床上。我有时见她抓不到纸片显得很着急，便捡起，递过去给她，一个上午便这样悄悄地过去了……

小屋子仅12平方米，墙上挂着我们夫妻俩的合影，在小巧的衣柜上摆放着许多小巧玲珑的小物件——有相思的红豆装在小玻璃瓶里；有一个比巴掌大的娃娃，哦，它不是一个娃娃，它的肚子里装着比它还小的娃娃，打开来，里面还有更小的，一共套了6个；有竖在那儿的相册，有个小瓶子里插着一朵塑料花……这些东西全是我和章腾的爱情信物，从他追求我到生下孩子整整十一个年头了……我俩有恋爱纪念日，在那一天，我们会互赠礼物；每一年不管是他还是我的生日，都有礼物互相赠送……有时，我们分别的日子久了，还会备上小礼物送给对方……当然，价格都比较便宜，但爱心无价……

我偶尔抽空下楼把米淘好，放入电饭锅中，接着回房间看看元洁，见一切平安，又抽空下楼去炒一盘菜……等高章腾的妹妹高丽英放学，高章腾下班，一家人其乐融融地坐在厨房里吃午饭。

随着孩子的长大，我便把高元洁放入一个木头制成的椅子上，那椅子挺高的，四条腿，孩子稳当当地坐在那儿。高元洁微微地抬头望着来来往往的人，只要看到有人往她那儿靠近，她便伸出双手渴望拥抱，李景笑呵呵地逗着她，却又偏偏不抱她，那动作引得大家不停地笑："你这个女儿呀，真想人抱，如果这时有个乞丐来抱，她肯定被人抱走了。来，来，来，亲叔叔一下！"

就在那一声清脆的亲吻声响起时，李景猛地吐了句："哎呀！这就是你的初吻呀！"随后，他的女朋友牵着他的手离去了……

第三节　用爱滋养孩子

俗话说："远亲不如近邻！"在高章腾走上工作岗位的第一天便与邻居张爱国闹了矛盾，不仅大打出手，还伤痕累累，要求对方赔偿，官司从县城一直打到地区、省级，闹得不可开交。

一个艳阳高照的早晨，中医院厕所旁的花丛中姜花正在怒放，一枝姜秆开出五六朵洁白泛黄的花儿，每朵有三片花瓣，宛如翩翩起舞的白蝶，聚集于翡翠般的枝头，喷放着源源不断的清香，正在这时，有两只五彩的蝴蝶在花丛中翩翩起舞，很像一对恋人在低声呢喃。

我感到肚子有点儿不舒服，便走进了洗手间，只听到身后一阵噼里啪啦的声响，她的动作非常粗暴，偶有水滴从下面的水泥地板溅到我的身上。我明白是张爱国的妻子葛冬在倒痰盂。我恼怒不已，脸腾地红了起来，不知如何是好。一只苍蝇围着我不停地飞舞着，像是在嘲笑我的无能，厕所里的臭味更是熏得我想呕吐，我恨不得一拳打过去，骂人的气话在我的喉咙里却怎么也吐不出来……我的心里五味杂陈，和她理论只会火上浇油！我无计可施，唯有忍着，还有比忍更好的办法吗？

我们和张爱国的厨房紧挨着，隔一堵墙，每一天，低头不见抬头见。一年多来，我们不曾交流过一句话，我尽可能地回避，唯恐惹怒他们换来一番争吵。

周末，我们一家三口去白马山游玩，白马山距县城20公里，位于旧县乡洋前村境内。

旧县乡位于闽北边陲，距松溪县城13公里，与浙江省庆元县毗邻，原为五代唐保大九年（951年）松源县县城。旧县乡政府所在的旧县村，村落建筑很大程度上保留和继承了江南建筑的风格，其街巷道路、庭院格局、建筑风格以及建筑砖木雕饰，都保存得比较完好。

村里独具特色的农家小院，风雨剥蚀的石阶小巷，饱经沧桑的古寺庙，淳厚朴实的风土人情，优美动人的故事传说，构成了一幅和谐宁静的世外桃源，让人流连忘返。

旧县乡洋前村境内有省级自然保护区白马山，还有始建于唐景福元年（892年）的留洋中峰寺。北京电影家协会和松溪县委、县政府联合摄制的电影故事片《台北来的插班生》就是在旧县取的景。

白马山是松溪境内一座著名的山峰，与湛卢山齐名，这里山势雄奇，沟谷深邃，山泉清澈，森林茂密，花果芬芳。自古以来，就以其秀丽的自然景色，奇特的悬崖绝涧，吸引着众多游客。我们一家人沿途经过狮子岩、媒人岩、仙人梦床、孕猿观月、仙人洞、观音浴盆、清风洞等奇岩胜景。在白马山脚下有铜钵峡谷，是松溪县一个没有被污染的原生态区域。铜钵峡谷山水兼备，壁立千仞，幽深峡谷，奇岩异石，连绵不断；神奇壮观的悬泉飞瀑，疏影横斜，流水潺潺；妙趣横生的积水潭，幻变幽深，虚实相映。任何一种新景象都会令我陷入沉思，渴望探究其原因。

望着这些美景，我想了许多，那天深夜我无法入眠，我不由得想起章腾说过的话："面子有啥用，扔了它。如果你还想不开，肯定是还没有把面子扔光……"

我决定抛开一切，我不能让孩子生活在仇恨的世界中，我应该用爱滋养我的女儿！主意打定之后……

次日清晨，在阳光明媚的日子里，当葛冬朝厨房走来时，我对她说："刚才李小花来找你，她还拨了你的电话，你没接。"

"哦，我刚才在楼上，手机放在那儿充电。"

就这样，两家便开始了亲密的接触。有时，她家里杀鸡宰鸭，也会端一些鸡汤或鸭汤送到厨房给我女儿喝。

爱的春天来了，正是："春燕春鸟随春飞，春鱼春虾弄春水，春蝶春蜂采春花，春风春雨送春归。"只要心中有爱，快乐和幸福便结伴而来！快乐和幸福就像手中的流沙，握得越紧流失得就越多。而宽容就是掌心的力度、指间的从容、内心的丰盈。大度起来，烦恼便可烟消云散，生活本是云淡风轻，快乐就在你我心田！福报就在你我手中！

我一直用爱滋养着女儿，伴随着女儿成长的每一天……

第四节　盖新房

　　晨起，天地间还挂着雨丝，根根透亮生生灭灭，雨丝零星，并不妨碍小行，倒是别有一番情味。云雾像是被收进周边的山里，留下半截的青山，团团地围住一方小世界，清净得极为透明。我在小小的世界里，看山，山半青，看云，云正浓，看雨，雨在松枝头。

　　春夏之交阵雨轻似梦，晚空绚烂非人间。此般世界我最懂，身入田园心上天。黄昏时候下了十几分钟的雨，天空绚烂，我们夫妻俩抱着女儿散步周边田野，心旷神怡！

　　随着酷暑的到来，住在顶楼的女儿显得有点儿吃不消，浑身上下都长满了痱子。她虽不太哭闹，但我的心里却是百般的不忍。只要一早看到太阳高升，我便抱着女儿赶往高章腾的姑姑高玉梅家，高玉梅非常勤快，不仅饲养了三头母猪、十几头生猪、二十几头小猪，以及一些鸡、鸭、兔子，猪粪、鸡屎到处都是，脚都没法踏下去……扑鼻的臭味迎面而来，脏乱差只是最里面的一百平方米的后院，外面却是截然不同的另一个世界，七百平方米虽谈不上优雅舒适，但也还马马虎虎算得上中等人家，最外面是一间食杂店，中间有几间瓦房，高玉梅总是不停地忙里忙外，即便和人聊着天儿，手上也一刻不停歇……

　　高章腾阻止我离开家："今天天气挺好的，不会很热，待在家里吧！"

　　"我才不呢！我如果待一天，今晚宝贝女儿肯定长满了痱子，她很怕热，你看，太阳都晒得老高了！"

　　"最近县里批了一块地，地基很便宜，我们也去弄块地盖房子！"

　　尽管我一开始反对盖房，但那牛皮被高章腾吹出后，十匹马都拉不回我的心，我坚决要盖那房子，亲自和大伯高章跃一起买下了一块地基。

　　在女儿十个月时，我抱着女儿到单位上班，新院长执行按劳取酬的政策。我心想：我才不在乎每天看几个病人，我现在的任务就是带孩子，有病人找我，我就看。没人找我，我带孩子。就这样待了整整两个月，第一个月领了76.50元，第二个月领了17.60元的工资。

随后，我便抱着女儿，向院长请了假，回家专职带孩子，随着女儿元洁一天天地长大，一周岁时，她便能够独立行走了。我像个冷若冰霜的妈妈，从不让她有撒娇的机会，不肯伸出双手抱一抱她。就算她累得坐到了地板上，我也无动于衷。甚至会放下面孔，严厉地批评："不许这样，再这样，妈妈就走了。"女儿非常懂事，也似乎看到了自己没有机会耍赖。当她会抓汤匙的那一刻，我便把汤匙递给她，让她自己吃饭。我想等女儿完全独立了，应该趁早把她送到托儿所，就在女儿一周岁三个月，我把她送到托儿所，便独自回家了。我一边整理房间一边想："手上存三千元款就开始盖这房子，如今欠了八万多元，真得想办法挣点钱，再这样下去，怎么办？"

过了一个多小时，我听到有人在门外高呼："章腾！章腾！"

"谁呀？"我匆匆忙忙地迎了出去，只见有人抱着女儿，她对我说："哎呀，你的家真的在这儿，今天刚好是清明节，很多孩子没有送来，有的人又提前来接孩子，元洁哭哭啼啼的，待不住。我问她你会不会回家，我送你回家，她就用手指着这路，领我到了这儿，我担心错了，就在门外喊，想不到真的就在这儿。"

我又惊又喜……

一周岁三个月的孩子能认识回家的路，这说明了孩子的智力并不低于成年人。他们之所以在大家的眼中被当作一无所知，是因为他们的见识少一些罢了，而不是孩子的智力有欠缺？我记得一位教育学家说过的话："不让孩子独立行走，不让孩子自己吃饭是剥夺了孩子成长的机会！"如果孩子能走了，我们没让她走；她能自己吃饭，我们没让她自己吃。这等于阻止了孩子的正常发育成长，这将危害孩子一生，也阻止了孩子大脑的正常发育。

那时，我恰好渴望用心书写人生的点点滴滴，白天和女儿做亲子游戏，晚上和女儿一起看碟片，周末时则带着孩子体验生活：春天去爬山看映山红，邂逅昆虫，找寻松果；夏天去池塘钓鱼，在乡间听知了叫；秋天去捡落叶做手工艺品，去看日出感受自然界的壮观；冬天在菜地里，细致地观察蚯蚓和蚂蚁的爬行，我总是随着女儿的兴趣去前行，她喜欢玩沙，我就和她一起玩。她看到我摘菜，我便教她和我一起摘。

我爱女儿，爱她如花的笑靥；爱她卡壳的歌唱；爱她灵光的稚语；爱她哭时的小眼红肿；爱她的浑身上下，里里外外。我爱女儿，爱她让我的生命充盈，爱她让我深刻地体会初为人母的艰辛，爱她让我懂得去加倍地疼爱自己的妈妈，爱她让我心灵升华，爱她让我生活变得更加美好；爱女儿，爱她的纯真朴实，爱她的天真烂漫，有她此生无憾！

在一个心情不太好的下午，临出门时，女儿要我帮忙穿鞋子，被我拒绝后依然央求道："妈妈，我穿一只，另一只鞋你帮我穿，好不好？"我呵斥着："自己的事情自己做。"女儿委屈地说："为什么有时候你会帮我穿，有时候又不肯帮我呢？"我意识到自己的失态，赶紧抱住女儿，连声道歉。女儿肯定是观察到我情绪不对，然后想通过这样的方式寻求关注，可我却没有领悟到她的用心。平日里总觉得自己是最爱孩子的，其实孩子更是无条件地爱着我。她可以承受我的坏脾气，事过之后依然天真无邪地对我微笑。面对这么可爱又对我"不计前嫌"的女儿，我很愧疚，我开始反省自己，我需要学习如何克制不良情绪，我要改变。榜样的力量是无穷的，我要用爱生活的热情影响、熏陶我的女儿，让她和我一起前行！

有多少人为了不让孩子输在起跑线上，付出了高价的补习费和辅导费。却没有培养孩子独立的人格。大家盯着考试的分数，却不知道随着孩子的成长，多背一百首唐诗都不如孩子自己会做饭、洗衣服、系鞋带、更有意义。

天渐渐地热了，女儿进托儿所也一个多月了，房子正在装修过程中，我天天配合着装修师傅打点着零零星星的琐碎，有时把粗沙滤过，滤出细沙给师傅过面，有时帮助买一些电线、水龙头的物件，有时把地板冲洗干净，忙忙碌碌倒也充实。

第五节　全托的艰辛

省级森林公园城东来龙山，九仑十三岗，绵延5000多亩马尾松青翠诱人，宛若一条飞龙盘卧在青山绿水之中，吞云戏水，为县城构筑了一幅美丽的风景。游人身处其中，不仅可以享受清新的空气，更可观赏不同季节的植物变化，听松涛鸟鸣，从薄日将出的清晨到夕阳缓落的傍晚，到处都有健身族、休闲族的身影。

春夏之交的雨水，有时似春雨，丝丝缕缕淅淅沥沥；有时似夏雨，噼噼啪啪稀里哗啦，有时下数个小时骤止，有时一连几天。来龙山下，松溪河的水弯弯曲曲地向南流去，不知带走了多少令人牵肠挂肚的故事。正是青山围碧水，低云笼松城。就在女儿一周岁五个月的时候，我在风景秀丽的来龙山麓开了爱仁诊所，租店面、买货柜、进货、帮病人诊治疾病、打针、挂瓶……我忙碌得不得丝毫的空闲。每天早上，我得早早地把女儿送进托儿所，晚上又得接她，接她后还要带她到诊所，边处理病人边带孩子。这样的日子令我实在难以招架，我狠了狠心，把女儿送到托儿所全托。当我过三天去看女儿时，只见女儿一个人怯生生地站在一旁。而老师的女儿正拿着饼干在啃，我的心里极不是滋味，我也带过别人的孩子，我断不会给他人的孩子这样的礼遇。全家人热烘烘地围着桌子吃着白菜米饭，也不可能眼睁睁地看着他人在自己的面前大嚼大吃。我感到了一阵心酸，泪水往肚子里吞。次日一早便送了一包饼干进去，虽隔三岔五地去看女儿，却没有时间交流。女儿似乎越发地内向了，几乎快不认得妈妈了。当我第二周进托儿所时，只见老师抱着自己的女儿，分明看得出孩子在妈妈的怀里撒娇，而高元洁却一个人坐在一张小凳子上发呆……我用征求的口吻询问园长："老师，我的女儿全托了半个月。"

"是呀，她在这儿待了半个月。"

"我就交半个月的钱，可以吗？可以的话，我今天就带她回家。"我像机关枪似的快速吐完一整句话，似乎担心被老师打断。

"是呀，孩子太小了，还是你自己带吧。"园长应了这句话。

我像抢孩子似的连忙把女儿带回家，每每想到当时的情形，泪水便不由得涌出来，女儿，妈妈并不是狠心，而是生活所迫呀！这个世界上，哪个妈妈会不爱自己的孩子呢？但凡离开儿女都是有原因的，有的是秘密，有的是隐私，有的是无奈……

后来，我为了谋生仍坚持天天看店，从不间断，在那些日子里，我没办法时时照顾女儿。有时女儿发热，我也只好把药带到学校让老师喂……

回想起女儿学走路时的情景：刚开始，她站都站不稳，看着她战战兢兢地挪动着步子，我很怕她摔着了，我以为这么小怎么可能会把走路学好呢？没想到每次摔倒后，她也不哭，反而回头看着我笑，好像示意我：妈妈别担心，我一定行的！稍后，总算可以蹒跚前行了，跌倒后总能自己站起来，并在我极力的鼓励下，坚持不懈地学着走。从此，女儿成长的路上印下了点点滴滴的顽强足迹。就这样，随着那一串串或浅或深的脚印，女儿慢慢长大……

每次，人们看到女儿独自行走时，好多人都会用惊赞的语气说："看，这么小的孩子也会自己走路！"是啊，这就是女儿坚持不懈的自豪成果。成长需要快乐，成长需要勇气，同时成长还需要磨炼。摔倒、爬起；再摔倒，再爬起……

每每写到这些陈年往事，我总是百感交集，甚至泪水哗哗往下淌。有人说我心狠，我的心也是肉长的，并非铜墙铁壁！为了生存，每一个人都有一段心酸的往事……

我深知：每一个人在成长过程中都摔倒过，正因为摔过才知道如何行走。才让你对不确实的环境和突如其来的打击更加淡定从容，才能让你更好地克服挑战和困难。每一个人的一生都具有感动他人的细节！我渴望捡拾一路丢失的记忆碎片，也许不能流传千古，但可以美丽瞬间！

第六节　买香蕉

　　为了给婆婆倪领弟过五十岁生日，领弟的二妹倪招弟、弟弟倪德贵、儿子章跃、章腾、章鹏及大儿媳李花枝、三儿媳钱秀琛和我相互之间讨论了数次，终于决定放在姨姨家里。

　　这里是闽北一座传统村落，村落建筑沿袭了浙南建筑的工艺特点和文化内涵。建筑以砖、木、石为原料，以木架构为主。梁架全部采用杉木，用料硕大，且注重装饰，大厅常雕有多种图案，通体显得恢宏、华丽、壮美。

　　村落坐北朝南，又遵循"前有照，后有靠"的原则，信奉风水，不难看出，古代松溪人对水的崇拜。传统村落文化展现了人类文明进程中宝贵的文化遗产。村落文化所蕴含的自然和文化的多样性是未来理想生活的活力源泉，具有重要的文化象征意义。

　　虽是夏天，但由于连续数日阵雨，县城格外清凉舒适。午后，大家酒足饭饱后来到了我们诊所的地下室，围成一桌打起了扑克。其他的人则坐在一旁嗑瓜子，聊着天，领弟指着招弟逗着高元洁："叫姨婆！"高元洁摇摇晃晃地走了过来："姨婆！"

　　婆婆呵呵一乐："快叫姨婆姨婆乞丐婆！"

　　我浑身的血像被火烧开了，要炸开身体冲出去一般，我顿时放下了脸，提高了嗓门儿："这也能教孩子的，啥不好教，好好的孩子都被你们教坏了！"

　　婆婆一听，知趣地走到一旁倒开水喝……

　　这时，一楼有人喊道："有人买药，采唐！"

　　我急急忙忙地上了楼，处理完后，闲着没事便站在大门口与房东闲聊。

　　我看到了高元洁竟然伸手到抽屉里拿钱："元洁！"

　　元洁被我的呵斥声吓得呆若木鸡地站在那儿，我举起手来，要打元洁，又不

017

忍，声调抬高了几十度，怒斥道："你的胆子也太大了，竟敢到妈妈的抽屉里拿钱……"元洁吓得哭了起来，浑身不由得颤抖着，倪德贵连忙解释道："是舅公不对，我想买包烟抽，叫她去拿两元钱给我。"

我的心里犹如被利剑刺伤，我尽量让口气放柔和些，半开玩笑似的指责着："舅舅，你真是上梁不正下梁歪！你怎么能这样教孩子？""以后不会了，再也不会了。"身上满是尘土的他羞愧地低着头，显得很不好意思。

"你没钱就别抽烟，抽烟对身体一点儿好处都没有。"高章腾丝毫不给脸面地指责舅舅，也许是高章腾觉得不能给这个不争气的舅舅留脸面。

望着元洁一把鼻涕一把眼泪的可怜样，我忙把她拥入怀里："妈妈不了解情况，乱发脾气，对不起！乖孩子，不管发生任何事情，都不能到妈妈的抽屉里拿钱，好不好？"

元洁一个劲儿地点着头。

古人说："少时偷针，长大偷金。"我的心中应该有个衡量的标准，我不仅要发自内心地爱孩子，更要用旁观者清的态度去分析女儿的点点滴滴，在她出现一点点偏差时要及时地纠正她。

我这次的一声责备烙印在她的心灵深处，直到她长大后，她还向我询问当时的情景。

如果能让我患一场大病能消除这场错误给她带来的心灵伤害，我宁可受一次上苍的惩罚。

"好孩子，不哭了，妈妈拿两元钱给你，你最喜欢吃香蕉了，是不是？"她拿着钱，用袖子擦拭着脸上的泪水，向附近的小摊贩走去。

这时二姨招弟看到了，嚷嚷着："你怎么让孩子去买香蕉？他们很会吃秤头呀，这样太吃亏了。"

我微笑着，心想：二姨，你知道个啥，孩子的能力就是这样一点一滴培养起来的，她能独立买香蕉的能力不是两元钱能买到的，更何况秤头能吃多少呢？人生总会有许多变幻莫测的事情发生，我能保证永远陪孩子一辈子吗？我得让孩子尽可能地学到生存的能力，你懂吗？然而，我并没有吱声，我深知要说服二姨是一件非常难的事情。我无所事事似的站在离元洁五六米处，全神贯注地看着一切：小贩接过钱，称了三根香蕉给元洁，元洁开开心心地捧着香蕉回家了，我抚摩着元洁的头："宝宝真棒！"元洁捧着三根香蕉与表姐妹们分享着吃。

二姨用精明的眼光望着我的店铺，道了句："以后这里的一切都是元洁的。"

我勃然大怒，但又不敢放肆，只好解释道："二姨，我的女儿如果要我这些家产，那也太没出息了吧！"

"你不留给她，还想给谁？"二姨质问道。

我深知我和二姨的思想距离实在太远了，我在心里对女儿说：既然我把你带到这个世界上来，我就要把自立自强的能力给你，不仅让你独立行走、自己的事情自己做，我还要让你流汗、流泪甚至流血，让你在无人撑伞的雨中奋力奔跑，让你靠自己的能力演绎自己的人生，让你在自己的人生舞台自编自导，用自己的双手打造出"金汤匙"，喝尽人间至美的羹汤。

事实上，我一直用这样的理念教育女儿成长，直至今日……甚至将来……

第七节　打　架

立夏，一场暴雨后，树林披上一层薄雾，好似飘浮起来。雾在山间游动，在落白的余晖下，像一顶灿烂的皇冠一样放射着异彩，那应该是仙人居住的地方吧。我们夫妻俩踱步松林间，透过松间空隙看田野白雾起，远村迷蒙，章腾低声问我："明天，表叔的女儿出嫁，你要去吗？"

"肯定要去！"我深知表妹住在招沙甲村，我岂能错过。我很早就听说过距招沙甲村不远处，在深山陡崖上有个巨大崖洞。洞内存停历代棺枢数百具，层层叠叠地架在一起，除下层的已腐朽外，上层棺枢均保存完好。

招沙甲崖葬位于海拔560米的狮子崖上，山势险峻。崖峰有一天然大裂隙，俗称"狮子口"，内张外敛，宽320米、深130米、高75米。崖坡朝东，既遮雨蔽日，又干燥通风。洞外荆棘丛生，人兽难进。棺枢能经久不腐，这是历代考古学家值得探究的千古之谜。揭开招沙甲葬俗之谜，对闽北地区的文化遗产和民俗研究无疑具有重要意义。

次日一早，我们便到了招沙甲村，一到村口便看到了一块大石头，石头上刻着"畲"字，随着进村，一块又一块石头展示在我的面前。我渐渐地明白了这是个以畲族为主许多民族共同居住的村落，全村的最大特色便是每一块石头上都刻着字，比如："土""布朗""撒拉"……一共是五十六块石头，象征着五十六个民族，其乐融融地生活在同一个村庄；象征着中华民族五十六个爱好和平、勤劳勇敢、自强不息的民族的大团结。

正在这时，校园里的《义勇军进行曲》奏响，大家肃然起敬，我的手紧紧地抓住元洁，她也学着我们一丝不动地站在那儿。此刻，五星红旗在太阳下冉冉升起。身为我们中华民族的每一个人，都会感到热血澎湃，感到自己同庄严站在一起，同伟大站在一起，同胜利站在一起，同太阳站在一起！

当音乐停下来后，女儿抬头问我："妈妈，那几个哥哥姐姐怎么站在红旗那儿？我也要去！"

"他们是升旗手。"

"我长大后也要做升旗手！"

"元洁最棒！一定会做升旗手！"

微风轻轻地吹在我的脸庞，我的心里装满了浓浓的深爱。这里没有高楼大厦，没有摩登女郎，没有灯红酒绿，但这里有山峦青翠，碧水清波，这里有薄荷样的清风，湛蓝的天空，有着最为原生态的自然。是这个美丽的小山城带给我幸福和欢乐，我渴望为这个生我养我的家乡贡献出我微薄的力量！

两岁半的元洁很快融入了小朋友的团队中去，孩子们嘻嘻哈哈地抢着扔石子，跳皮筋……一群孩子一会儿晃到巷子口，一会儿来到草坪上。冬冬看到元洁手上有两颗口香糖，便冲过来抢。元洁不肯，紧紧地抓在掌心里，两个孩子争抢了起来，冬冬虽大元洁一岁，但个头并不比元洁大，他似乎抢不过元洁。大人们都在一旁开心地看着，并没有人出面阻止。冬冬一急，便一巴掌打到了元洁的脸上，元洁也扬起了手，正要朝冬冬打去，我抓住她的手，气急败坏地冲着元洁吼道："你竟敢打人！元洁！你要是敢打哥哥，就抓起来打！"

元洁吓得哇哇哭了起来，章腾的妹妹高丽英冲到我的面前："你凭什么打元洁？"

"她打人就是不对！我要打的是我女儿！"

高丽英暴跳如雷："她是我的侄女！你凭什么打？人家比元洁大，他打元洁，他的父母都不打自己的孩子，元洁比他小，我不能让你打我的侄女！"

元洁，妈妈怎么忍心打你呢？可妈妈更不能打你的表哥呀？妈妈是希望你懂事，不管发生任何事情，都不能打架，打架绝不存在着正确的道理。人家打你，你可以走开或者向爸爸妈妈寻求办法，但绝不能还手打别人！更何况那是你的哥哥，做妹妹的怎么能打哥哥呢？

元洁吓得哇哇大哭……

在大家哄劝之下，孩子们便各玩各的了。不久，孩子们被一群蝴蝶吸引住了，它们翅膀的背面是嫩绿色的，上面还有五彩的花纹，这使它们在停驻不动时就像是绿色的树叶一样。翅膀下面是金黄色的，这使它们在扑动翅翼时又像是朵朵金色的小花。它们在花丛中飞舞着，仿佛是为了增加节日的喜庆。

孩子们全都跟在这些蝴蝶后面飞跑，似乎要扑抓它们，可怎么也追不上这些可爱的蝴蝶……

有个大孩子唱了起来，其他的孩子也跟着他唱……

丢失一个钉子，坏了一只蹄铁；

坏了一只蹄铁，折了一匹战马；

折了一匹战马，伤了一位骑士；

伤了一位骑士，输了一场战斗；

输了一场战斗，亡了一个帝国。

我想不到在这么一个穷乡僻壤之处，竟然有人知道蝴蝶效应。马蹄铁上一个钉子是否会丢失，本是初始条件十分微小的变化，但其"长期"效应却是一个帝国存与亡的根本差别。这就是军事和政治领域中所谓的"蝴蝶效应"。

"蝴蝶效应"之所以令人着迷、令人激动、发人深省，不但在于其大胆的想象力和迷人的美学色彩，更在于其深刻的科学内涵和内在的哲学魅力。

元洁对所有的事情都充满兴趣，什么事都想自己单独干一干，什么东西都要玩一玩，还经常把家里搞得乱七八糟。可有时候也很听话，我在洗地板时，元洁总会说："妈妈，我来。"吃饭要自己吃，衣服也要抢着自己洗。元洁多么希望自己拥有一双"坚强"的翅膀，能挣脱我无微不至的呵护，盼望有一个属于自己的，自由自在、无拘无束的小天地。

作为妈妈，我一定要防微杜渐。一些看似极微小的事情却有可能毁了孩子的一生，到那时岂不是悔之晚矣？横过深谷的吊桥，常从一根细线拴个小石头开始。杀人犯、盗贼也是从微小的点滴开始的，教育的本源让人类的文明更加系统化地传播和发展。教育乃民族之磐石、人民之所盼，教育在技术文明和市场经济的冲击下造成了文化的缺失，未能跟上社会发展的步伐，社会百态层出不穷。

我认为这一切的根源都在于教育的目的性不明确，教育应该以德为教育的初始。父母的言传身教最为重要。人性、情感、道德不能只是纸上谈兵，应该从父母做起。爱因斯坦说得好："仅凭知识与技术并不能给人类的生活带来幸福和尊严，人类完全有理由把高尚的道德标准和价值观的倡导者和力行者置于客观真理的发现之上。"因此，教育的本源是挖掘孩子的天性，找寻自然的本质，构建社会的和谐。

第八节　玩口水

　　一年一度的春节到了，我们在县城过年。松溪的传统习俗中最吸引人的便是舞龙灯，这是家乡人承继殷周"祭天"的特有民间习俗，从唐宋一直传承至今，是松溪每年元宵前后规模最庞大、最隆重、最热闹的民间娱乐活动。舞龙获得的红包，除用于基本开支外，大多用于本村的公益事业建设，因此，深得群众支持。一到正月，舞龙队每到一个村庄，就要提前打着龙灯去串门下红帖，红帖上书写着龙队的名号、到访的时间。晚上就要一路敲锣打鼓来舞龙，舞到任何一处都会受到热情招待。为迎接这个集音乐、舞蹈、梦幻灯光为一体的特殊活动，老百姓全都穿上过年新装。各家各户会在自家大厅提前包上红包，准备好糖果、糕点、茶水等，等舞龙队到来时，百姓们即刻燃放烟花爆竹接"龙"。常有"大富"人家为自家长时间接龙气，特意要求舞龙队尽兴表演，鞭炮没有燃放结束、锣鼓、舞龙动作都不能先行结束，这时就极考验舞龙尾队员的体力。舞龙尾队员因左跳右跳体力消耗大，常被村民友好地戏弄一番，同时也为了沾龙气，松溪方言"舞龙尾，捏大腿"从此传名。舞龙队在老百姓家中至少要转上一圈，私人或公用水井每井光顾，接龙气，企求风调雨顺、人寿年丰的良好祝愿。舞龙的队伍有时一天可以吃五六次酒宴，这叫"龙换酒"。等到舞龙完毕，就将首尾烧掉，龙身送回庙内，明年再用。

　　正月十五上午，我们家收到了龙灯队送来的"红帖"。傍晚，我们早早地在院子里案桌上摆了红包、糖果、糕点、茶水，等舞龙队到来。晚饭过后不久，龙灯队来了，这条龙制作得比较精致，龙头前面有一个人高举龙珠，用于引诱龙头。龙头用竹纸扎，龙身大约长九米，龙身花纹是松溪人手工将布缝上去的，还有一个漂亮的龙尾。要舞出韵味，需要舞龙人具备扎实的武功功底。举龙珠的小伙子身材虽瘦小，但极其灵活，于是，龙头也跟着忽左忽右、忽高忽低，时而昂首吐芯，时而低头戏珠，时而龙头回转，时而勇往直前，这条龙在我们家门口盘圈、S弯、龙头越过龙身等各种灵活、花巧动作，锣鼓、鞭炮声不绝于耳，热闹非凡。

俗话说："龙生龙，凤生凤，老鼠生子会打洞！"普天之下，哪个父母不渴望自己的孩子成龙成凤呢？然而，人活在世，先解决温饱问题才是首要的。每天把孩子送到幼儿园时，我多渴望能与老师交流一下孩子的成长，聊聊孩子喜欢什么，谈谈自己的感受和欢乐。然而，这一切似乎都是奢望，我送孩子入园时，实验幼儿园的大门有时还未开，纵使开了校门，也只有一个先到的保育员，我几乎是扔下孩子便加快脚步地赶往诊所。而晚上，我去接孩子时，老师全都离去了，每个班的老师都将尚未来接走的孩子扔在门卫那儿，我常常是最后一个接到孩子……

有一天傍晚，高章腾补休，他到店里帮忙照看，我便早早地去接女儿。我来到了幼儿园，悄悄地站在教室的外面，望着老师与孩子们在互动，许多孩子都争先恐后地举手回答老师的问题，高元洁左手撑着下巴，坐在那儿，我欣喜万分，想不到女儿如此乖巧，元洁虽然没有举手，但并不等于不会回答老师提出的问题呀，她性格本就十分内向嘛。

老师在讲台上比画着各种动作，小朋友们跟着老师一步一步地进行。元洁仍没有一丝一毫的表现，她似乎坐累了，双手在桌子上随意地画着，又过了几分钟，拿出了右手，把右手放在脸上，盖住了嘴巴。过了一会儿，又把手往桌子上抹着。我愣住了，我清清楚楚地看见自己的女儿在玩口水。她把口水往桌子上抹，而且没有停歇……

回到家里，我轻声地问元洁："宝宝，你中午在学校吃什么？"

元洁摇了摇头。

"你的老师叫什么名字？"

元洁又摇了摇头。

这样的日子过得艰辛且寒酸，我的公公婆婆待在橘子山上管理橘子，我好渴望有人帮帮我，便叫爸爸妈妈来我身边帮忙。在我几次三番的恳求之后，妈妈一个人来了："大家都说我只能一个人来帮你带带孩子，如果一起来，会落人说闲话，说你老公养我们一家。"

什么理念？我不明白，把年迈的双亲活活拆散，既然妈妈来了，能帮一天是一天，我也不想多说。可妈妈只待了不到一个月，便接到哥哥的电话，得知大嫂怀孕了，哥哥渴望妈妈能回去帮忙照顾，妈妈接到电话后，次日一早便离去了……

由于自己的经济条件有限，在人生起点上走得非常艰难，没法给孩子最基本的母爱和关怀。也许正是这些点点滴滴的欠缺，我总觉得此生欠女儿的实在太多了，有时，我忙碌得快把女儿忘却了。所以，我有时也比较娇宠孩子，这是后话。

又过了半个月，一学期便结束了，我意识到女儿不能在实验幼儿园继续学习了，那儿根本就不属于元洁。我思索着老师反复提问的那几个孩子，他们的父母有的是经理，有的是政府部门的领导，有的是商场上的精英，自己呢？家庭妇女，顶多也就是诊所的医生。老公只是一个单位的员工，没有任何值得炫耀的地方。老公的父母是地地道道与泥巴打交道的农民，他们只字不识。而我的父母远在异地，没有丝毫的背景，不行，孩子绝对需要换一所学校。

店铺生意越发地兴隆了，我多渴望能带女儿到榕城去住上一段日子，但我实在没有时间。春节，我的爸爸林高弟来到县城报销去年的住院费，顺便到曾经的单位领导家拜访一番，在离去时，逗着元洁："元洁，要不要跟外公去福州呀？"

"要！"元洁不假思索地清脆地回答道。

我也顺水推舟："你喜欢就带下去一段时间吧！"

爸爸忙推辞："以后，以后再说，我还有其他事情呢！"

次日，他悄然离去，我深知元洁只有两岁，实在太小了……

从那时起，元洁天天念叨着要去福州，她甚至说："妈妈，你把我扔到车上，打个电话叫外公到车站接我就好了。"而我却抽不出身来，我的心里矛盾重重，既希望送她到福州，又担心给父母添加负担……

第九节　换幼儿园

都说男孩要穷养，女孩要富养，但这世上并没有一成不变的养育模式，因为每一个孩子都是独特的。用大爱灌溉，让孩子学会独立自主地处理事务，用爱心去回报社会才是最重要的。我给了女儿生命，她每一天不断地成长，她的成长总是带给我困惑和烦恼，让我不断地反省自己，促使我想办法解决困惑，这一过程正是她赋予我灵魂的过程，让我更深刻地领悟到人生的真谛。

在他人的眼中，实验幼儿园是县城最好的幼儿园，难道还能找到更好的幼儿园？我却不这样认为，我觉得适合的才是最好的。我要帮女儿找一所更适合培养她个性的学校。纵使一个能关心孩子成长的保育员也超过实验幼儿园，我是这么想的。孩子快乐地成长才是最重要的！我带着这样的想法打算多走走，但究竟哪儿更适合孩子呢？对了，带着女儿去找，她喜欢哪儿就送到哪儿！

我仔细地观察了几家，发现离店不远的地方刚刚开了一所小小幼儿园，这所幼儿园实在太小了，因为是刚刚成立的，老师就是一对夫妻，他们租了一套三房一厅的房子，啥都没有，甚至连一个学生也没有，我带着困惑走进了这所幼儿园，看到了复印的营业执照挂在墙壁上，元洁怯生生地紧贴在我的身后，那个老师热情地迎了出来："小朋友，你好！我叫赵冬梅！"

老师亲切的微笑和热情的话语让元洁有了些许开心，他伸手去取箱子里的小球，就在她取球的那一瞬间，球滑落了，于是又忙冲过去捡球。

"小朋友，你真是太棒了！你的球打得真好！"赵冬梅竖起了大拇指。

短短十几分钟的接触，她足足表扬了元洁十来次，元洁显得非常开心……

回家后，我耐心地问元洁："宝宝，你想不想到冬梅老师那儿读书？"

元洁不住地点头，孩子的渴望便是最强大的动力，我决定将孩子交给这个老师。

在报名的日子里，冬梅老师把所有的家长聚在了一起，大班、中班、小班的孩子一共二十个左右，他们夫妻俩谈了许多前景和规划，学费甚至超过了实验幼儿园，许多家长都动摇了，我深知如果实在收不到几个孩子，这所幼儿园不可能为了一两个孩子而开办，我用快刀斩乱麻的语气强调了几点：

"冬梅老师，您说得再好，请再多的高级老师都没有用。我看中的就是您。您永远超过那些专家。我选择这所幼儿园也是因为您，您说了这么多的收费理由，我觉得不妥，因为您的教学水平再好，也超不过实验幼儿园，我觉得您的收费已经超过他们了，这令大家都无法接受。我觉得您降个一百元，和他们的价格一样就行了。我确实希望您教好孩子，如果我女儿以后真的有出息了，她能上清华、北大或者出国留学，让她回来报答您！"

这段话似乎吐出了所有家长的心结，大家也纷纷表示愿意把孩子放在这所幼儿园。我离去之际，冬梅老师笑呵呵地责备道："你呀，那么几句话，害我损失了几千元呀！"

目前，整个社会的教育都存在着极大的功利性，大多数家长认为孩子上学的目标便是清华、北大，而要达到这一目标首先便是从重点小学开始，更有些家长选择与小学相对应的幼儿园。于是，有些人为了孩子能上个名牌幼儿园，费尽了心思，不惜耗费巨额的资金把孩子往路程较远的学校送。而有的孩子承受不了一路的颠簸，三天两头生病，送往医院治疗，不仅劳民伤财，还把身体折腾坏了……

我当年没有考上大学，也曾经一度地失意。自从我感受到生命的厚爱，我爱上了这个生我养我的世界，把自己个人的荣辱抛到九霄云外，我忘情地迷恋着这个世界！我用心倾诉着点点滴滴，并且渴望为这个世界付出我的爱。也就从那时候开始，我开始不断地播撒着爱的种子，并且锄草、松土、浇水……于是，爱的种子开始发芽、开花、结果……

这是我的人生体会！每一个人都有自己的优点和长处，上大学绝不是人生的最高目标，那只是人生的另一个起点。教育应该从品德开始，如果品行不端，才华越高对社会的危害就越大！每一个孩子都有自己的特长和弱点，我们要从培养孩子的自信心开始挖掘孩子的潜力，让孩子在成长中找到幸福和快乐，这才是培养孩子的首要目标！人的一生，总要经历风霜雪雨才能长大，我无法预知女儿在成长过程中会遇到哪些挫折，我只能尽我所能，给女儿创造一个好的成长环境，让她能够心怀感恩、健康平安地成长，成为一个有思想、有毅力的独立女孩。

第十节　没书读

久雨初晴后，水落河渐清。一只沙鸥飘蓬远，云翔浮低空。风吹层林绿，花落满庭芳。云洗铅山黛，遥遥似仙境。

松溪河畔，华龙脚下。青山围碧水，低云笼松城。

一个晴朗的早上，我一开店门，便陆陆续续地有买药、外伤包扎的病人，我手脚不停地忙碌了一阵子，终于可以歇歇了，路边有个小商贩冲着我嚷嚷："你的女儿哭了，快去看看！"

我将信将疑，高章腾刚刚把女儿送学校去了，怎么可能呢？我还是顺着那个小商贩的手指方向望了过去，令我惊异的是元洁朝着店门的方向走过来。她一边走，一边用双手抹着泪水，我连忙冲了过去："宝宝，你怎么了？怎么不去学校？"

"今天没有书读。"

"怎么会没有书读？"

我的话不经意地伤害了女儿，元洁哭得更伤心了，甚至全身颤抖。

"乖孩子，不哭，妈妈陪你一起去看看，好吗？"我拿毛巾帮女儿擦干了泪水。把女儿放在自行车的后座上，锁了抽屉，交代邻居："阿姨，您帮我照看一下，我送女儿去学校一下！"

当我走到一楼，四处非常寂静，令我感到有点儿不安，难道……难道这个幼儿园办不下去了？突然关门了？冬梅的老公是清华大学的高才生，当时参加了1989年的高考，出了点问题，会不会真的出了什么事情？我带着困惑上了二楼，门锁着，我敲了敲门，冬梅老师迎了出来，我忙询问："我女儿刚才就来了，说今天没书读，一个人又回家了。"

"哦，我老公外出买菜还没回来，我担心照看不过来，就关了门。"

"元洁，老师在，赶快进去！"我转过身对老师说，"孩子不敢敲门，以为没学上，自己一个人边哭边回家。"

"元洁，快进来，和大班的同学一起读书，好不好？"

元洁不住地点着头。

中午，我一见高章腾便向他陈述了女儿回家的过程，高章腾解释道："我每天都是把她扔在大门口就去上班了。"

"你真是太糊涂了，哪有你这样不负责任的父亲，你得把孩子亲自交到老师的手里呀。还好元洁聪明认得路，孩子满月后叫你拿把剪刀给女儿剪指甲。我正好有点儿事，你倒好，把两个手指都剪出血来。我批评你，你竟然说这孩子怎么这么笨，剪一个手指就要哭了，还要剪到两个指头才哭。孩子的各种感觉反应都迟缓，你也太粗心了。洗澡也这样，也不摸一下，水烫不烫，就把孩子往里放，把她的小脚烫得通红通红的，幸亏没出什么事情！"

高章腾无可奈何地听我发着满腹的牢骚，默默地承受着……

其实，孩子的成长离不开高章腾全身心的付出。众所周知，中国传统的家庭模式是男主外、女主内。不可否认，父亲的重要性同样不言而喻。最让我动容的是他在女儿幼儿园"六一"儿童节一场联欢会上的表现。

那时，每个班级都得办一场联欢会，班主任安排我和女儿合唱一首关于妈妈的歌，然后其他孩子与她们的妈妈则为我们伴舞，可后来因为节目的需要进行调整，因为奇偶数的问题，老师要求减少一个人，我见大家都不吱声，便主动提出减少我一个人，女儿哭着说她要和妈妈一起上台表演。这时，高章腾自告奋勇，这便解决了问题。章腾真可谓是万花丛中一点绿。虽然舞姿不是那么优美，还略有些不协调，但他的参加意味着我们是唯一一家三口都上台的家庭，为此孩子很是自豪。

高章腾经常自言自语地说："孩子，让我们继续一同成长吧。我陪你长大，你陪我慢慢变老！"

章腾、元洁和我组成一个完整的家！每一个家都是社会的一个最小的细胞，每一个家的幸福和温暖对于家里的成员来说，都是最重要的部分，如果一个家出现问题或病变，对于整个社会来说也许微不足道。但对于家庭的每一个成员来说，犹如患了癌症……倾家荡产，甚至家的破碎！

一个小小的家庭就像一座高楼大厦，搭建起来不容易，而遇到狂风暴雨，可能顷刻间便倒塌，故而，家庭的温馨幸福非常重要。家，对于每一个人，都是欢乐的源泉啊！再苦也是温暖的。家是父亲的王国、妈妈的世界、儿童的乐园。世上最不平凡的美是家里的美，人生最大的成功便是拥有一个幸福的家！

第十一节　上大学

湛卢山位于松溪县茶平乡，海拔1230米，山体由凝灰石、花岗岩组成，山势雄伟，树木葱茏，泉水叮叮咚咚，终年云蒸霞蔚。山中森林蓊郁，常有云雾浮凝，若春若秋，炫耀百状。章腾的单位组织全体员工携家属登湛卢山游玩，元洁异常兴奋，她开心地一路朝山顶冲去，章腾紧紧地相随，他们父女俩把我们远远地抛在后面，我缓缓前行，细细欣赏了试剑石、剑池、铸剑炉、欧冶洞、仙姑洞、清洁寺等。章腾箭步如云，时而牵着元洁的小手，时而抱着走一小段，父女俩竟然领先到达山顶，到山顶后，有的孩子要父母喂饭，有的孩子依偎在大人的怀里，元洁则乖乖地自己吃饭，独自翻看图书，大家不断地表扬她："元洁真棒，又长大了！"她更是觉得自己越来越能干了……

这是一个沉闷的日子，天有点儿阴暗，空气似乎都凝固了，许多人都在感叹："这雨怎么下不了？"女儿元洁的愿望远远超出了我的能力范围："妈妈，我想上大学了！"

"宝宝真乖，你一天天地长大，很快就能上大学了！"我安慰道。

"不行，我现在就要读大学！"高元洁高昂着头，倔强地答道。

"现在怎么读大学？你还这么小，等你长大后……"

"已经来不及了，我现在就要去读大学。"高元洁噘起了小嘴。

"我们去问问冬梅老师，好不好？"

"好！"

我牵着高元洁的手往幼儿园的方向赶去，一见到冬梅老师，我便向冬梅老师陈述了女儿的渴望，意想不到的是，冬梅老师和蔼亲切地牵着元洁的手，同时补充道："好好好，今天冬梅老师就专门给元洁一个人上大学的课，你坐在这儿的桌子上。其他的同学全部在那间教室，他们还是读幼儿园，好不好？"

高元洁开心地点着头……

不知为何偏偏停电了，"热死了"，我不停地摇着扇子，热气却无法散发。那如丝如絮的流云悄悄地游出了我的眼睛，而阴翳凝滞的乌云，像一群讨厌的乌鸦盘旋在我的头顶。婆婆似乎看出了我的心思，端着一杯滚烫的水放到我的面前，她笑着说："如果你这会儿带着女儿，一定要把它放得远一些，首先保证孩子的安全。别说这是一碗开水，就算是贵重的西洋参，打碎了都不心疼，孩子的安全才是首要的。孩子并非是养大的，都是怕大的。别说你的宝贝才两岁，我的儿子读大学时，我都替他操心呢！"是啊，章腾读大二时便和我谈恋爱，那时大学是禁止谈恋爱的。婆婆一定提心吊胆，担心儿子的钱被女朋友骗了，担心儿子因处理不好恋爱关系而被开除出大学的校门。

此时一阵轻风吹过，这风把铅灰色的日子仔仔细细地擦拭，擦拭着我的脸，擦拭着树叶的绿手指，擦拭着空气中的尘埃，擦拭着每一个音符，让它们唱出清亮的歌吟；擦拭每一处天空的角落，让它重新变成一块蓝水晶。

到了傍晚，元洁开心地回家了，她有板有眼地向我诉说大学的课程：别的小朋友玩积木，她坐在那儿写字；别的小朋友画画，而她呢？在那儿捏橡皮泥……在她的心中，大学就是与其他的小朋友有所不同，比其他小朋友更懂事、更成熟……

也许这便是素质教育中的一小部分，顺着孩子的个性和渴望发展。素质教育重视人的思想道德素质、能力培养、个性发展、身体健康和心理健康，是一种以提高受教育者诸方面素质为目标的教育模式，是依据人的发展和社会发展的实际需要，以全面提高全体学生的基本素质为根本目的，以尊重学生个性，注重开发学生的身心潜能，并注重形成人的健全个性为根本特征的教育。冬梅老师的这种行为饱含着对孩子浓浓的深爱，不是靠说教，抽象地教孩子要自信、自爱、自强，而是把对孩子的尊重作为营养大餐，又作为独具特色的小零食，随时随地、毫不吝啬地送给元洁，充分开发智慧潜能与个性的全面发展，带给元洁无穷无尽的幸福和欢乐感。

第十二节　奶声奶气

　　有时，我们夫妻俩忙碌得没时间理睬元洁，便把她放到了刘源村，让公公婆婆帮忙带数日。刘源村是祖墩乡的美丽乡村，那里空气清新，种植着葱绿的植物，潺潺流水不时袭于胸襟。那里风景优美，春天更是花团锦簇，映山红漫山遍野，山水环绕，湖的四周环绕着茶山上的三三两两的亭榭，造就了山光水色、山水相连、树影婆娑、若隐若现的美景，像一幅深藏在乡野中的水墨画卷。到茶园小道上走走，胜似坠入仙界。湖面野鸽低飞，蝴蝶在花丛中飞舞，形成静动交替的美景。刘源村的茶叶在世界无公害化茶叶中排名第四，令我感到万分骄傲。最动人心怀的是乡民们的纯朴、热情好客。整个村庄犹如一个大家庭，只要我踏进村里，总会不停地有人唤我去他家吃饭，我答应第一家之后，总要向前来邀请的亲人们一一解释。村里人见到元洁自然把她当作自己的宝贝，东家送来鸡汤，西家送来米果，有时，他们也会逗元洁："小宝宝，你的外公外婆在省城福州呀，你怎么舍得在这个穷乡僻壤的村庄里待着呢？"

　　此后，女儿一再提出要到福州找外公外婆。

　　"等妈妈有空了，再带你去吧！"

　　"妈妈，你把我送到汽车上，打个电话让外婆到车站接我。"两周岁女儿的这句话令我不知所措。

　　过了两个月，恰好有人前往，女儿便跟她们去了榕城，在外公外婆悉心照料下，孩子的鼻炎被治好了，身体也更加健壮了，还常常参加各种比赛……

　　光阴似箭、岁月如梭，又过了两年，我终于有机会到福州开店了，可以常常与女儿相见。我发现女儿总是把嗓音压得低低的，奶声奶气地说话。我劝了她两回，可她仍然不改，甚至故意那样，我想不明白，这孩子到底怎么了？我苦苦思索，不由得想起姑姑昨天说的话："元洁长得又粗又壮，不像妹妹，她的妹妹小悦才是美女坯子，声音既优雅又柔和，娇滴滴的。"我得纠正元洁这一点，在没有外人的时候，我悄悄地对元洁说："宝宝，妹妹常常生病，有时发热，有时肺炎，那是病态，说话没有力气，我们不学，你永远是最棒的！是最好的！懂吗？宝宝！"

那时，我常常与元洁在街上玩词语接龙游戏，只要是词语，她一句，我一句，不管对得是否工整，母女俩总要尽力搜刮一切词汇。我们有时针对路上的广告牌，进行猜字，单人旁有什么字？提手旁有什么字？三点水有什么字？于是，她一个，我一个，一边走还一边做各种动作。我不管路上是否有人会认识我，也不在乎是否有人会取笑我。我只渴望能陪着女儿，让她在玩乐中有所收获。我记忆最深的是："口与十能组成什么字？"于是，我俩你一言我一语，甚至过了三五天又加上一个，一共组成了"古、叶、田、申、甲、由"。每一次的增加都令我们兴奋不已。

也就从那个时候起，女儿养成了爱学习的好习惯，每天睡觉前，一定要玩词语接龙或者要翻看一本书才能入睡。我没有任何的硬性规定，我的思维很宽广，只要孩子喜欢的书都尽可能地满足她。有时，她一口气买了几本书并没有看完，又对其他方面的书产生了兴趣，我也乐意买给她看。有时，放学回来，把上课时学来的知识唱首歌给我听或者跳个舞给我看，我总是给予表扬。

记得有一回，妈妈很担心地对我说："老师出题目五加三，要求写成应用题来解答，她一点儿也不会，怎么办？"我笑了："愁什么？我老公连普通话都说不清楚呀，女儿自然像父亲嘛，没事的。"我总是不停地表扬孩子的每一步成长，而对于缺点和不足却不在乎，大大咧咧的，女儿在后来的作文中也提到："妈妈总是不断地培养我的自信心！"

还有一回，女儿滑滑梯时，脱了件刚买的白衬衫，忘记带回家了。当想起时，已经找不到了。妈妈不停地唠叨着："孩子一定要爱惜东西，上百元的衬衫才穿一次，你要好好教育她。"我没有指责孩子，我觉得我是一个连工作都能放弃的人，在大家渴望稳定收入的日子里，我辞职了，下海时还差一点儿被海水淹了。但我不后悔，是勇往直前的渴望让我新生，让我有了现在精彩的人生。我希望女儿像我一样能勇往直前，而不是墨守成规！人生的意义便在于珍惜现有的每一天，我们不能为了看不到的明天而放弃今天的幸福和欢乐！我渴望女儿懂得人活在世上最重要的便是生命，只要活着便有希望！这便是我常常与女儿反复强调的：啥都可以失去，命不能丢！不管发生任何事情，都要珍惜生命的可贵！

我相信，播什么样的种子结什么样的果。

第十三节　拗九粥

　　因参加一场酒宴，我带着女儿到了闽侯的甘蔗镇，顺便去小姨家玩，那儿风景秀丽，只见一座座山峰拔地而起，像披了一层薄薄的面纱，朦朦胧胧，亦真亦幻。这些山峰，风情万种，各有姿态；有的似雄鹰展翅，气势磅礴；有的如多情的少女，正含情脉脉地眺望着远方；有的像健壮的青年；有的像沉睡的雄狮……

　　当我们踏入小姨家时，小姨正在厨房，只见灶台上放着糯米、红枣、葡萄干、桂圆干、莲子、花生、荸荠、红糖……

　　女儿抬头问："姨婆，您在做什么？"

　　小姨开心地说："元洁，长这么大了，今天是拗九粥的节日，你听说过吗？"

　　女儿眨着清纯的眼睛，中气十足地答道："一个小孩的妈妈被关进牢里，肚子饿，没东西吃，小孩送去的东西都被看守给吃了，他便想了个办法，把沙子撒到饭里，看守吃不下，便递给他的妈妈，他的妈妈才慢慢地从中拣出米饭来，是吗？"

　　"乖孩子，说得真好！谁教你的？这是目连救母的故事。目连的妈妈是个悍妇，虐待孩子，得罪街坊，死后被关到地狱挨饿。目连不计嫌，给妈妈送饭，可是饭都被小鬼给吃了。有一天，他想到办法，送了一碗黝黑的稀饭，就是用杂粮糯米煮的，拌了红糖，撒了黑芝麻。小鬼瞧粥太黑，就问：'这是什么？'目连答：'黝垢粥。'福州话的'垢'与'九'音近，因此谐音。小鬼便认为这粥很脏，于是这粥才能送到妈妈手里。"

　　"妈妈，这是孝顺粥，我现在就要煮给你吃。"元洁任性地说。

　　"明天回家再煮，好吗？"我附在她的耳边问。

　　"来不及了，妈妈，我现在就要煮。"女儿固执地嚷嚷。

　　小姨开心极了："元洁真乖，来来来，你来帮姨婆煮。"粥煮好后，元洁忙着和小朋友们一起去闽江边玩。这时，传来了一阵惊呼声，我连忙跑去看，只见远处一只飞鸟像银色的精灵，在蓝天中展翅翱翔，不时地在空中划出一个又一个优美的弧线。船划过水面，荡起了一道道涟漪，激起了一朵朵浪花，这是闽江水在唱爱的歌儿。

在闽江公园旁不知何时建了个小湖，湖里的荷花毫无踪影，只有干枯的叶子和垂败的杆，但我深知每当6月来临，这儿必将是一片诱人的荷花池，到那时，每一朵荷花都像亭亭玉立的少女，羞涩、妩媚……荷叶也一定挤挤挨挨，或像大玉盘，或像一把把倒立的太阳伞……

拗九粥的字面意思应该是幼儿的手拿着九样东西煮出粥来送给妈妈吃……

姨婆似乎看穿了我的心思，打开碟片，耳边传来了福州语歌曲《掼粥掼到厝门口》：

拗九，拗九，掼粥掼到旗汛口，想起我家打风掉雨送我去学校；
拗九，拗九，掼粥掼到南门兜，想起我妮在我做媳妇那一天泪汁流；
拗九，拗九，掼粥掼到大桥头，想起我梦中都是我的二个老；
拗九，拗九，掼粥掼到娘家厝门口，告一声依家依妮，团呢平时间做不够；
一碗甜甜的拗九粥，一箸一瓢羹都是孝。

我常常看到一些文人回忆往昔，怀念父母，写出一篇又一篇伤心离别的诗文，想孝顺已经没机会了。女儿，清纯、靓丽、无拘无束，她想到啥就要做啥，没有受环境的制约，她的心纯净到底，不为他人的夸奖，也不为他人所阻……她给我上了一节永远难忘的课……

从那时起，我常常尽可能地抽时间去看望父母、聊聊天或者送些吃的用的，孝顺两个字并不需要家资千万，只需一颗反哺的心……

第十四节　讲故事

　　6月的一天，午后不知什么时候又飘起毛毛细雨，初时淅淅沥沥，若有若无，只是当微凉的风裹着土腥味儿涌进窗时，才嗅到雨的气息。紧紧地密了、浓了，滴到屋檐上，树叶上，便有了滴滴答答的响声，大多数的雨仍无声无息地投入了大地干涸的怀抱。

　　过了两个时辰，天放晴了，周围全都是高楼大厦，我就像一只井底之蛙被困在店里，风吹着树叶沙沙作响，在杧果树上临时牵起的细绳上一件件衣服随风摇曳，这死胡同仍十分宁静，站在门口可以感受到五米外的融侨路的客流量明显地增多了。

　　爸爸妈妈带着元洁和小悦一起来了，爸爸坐在电脑前全神贯注地玩纸牌，妈妈买菜、煮菜、拖地板。元洁和小悦坐在我的身旁听我讲故事，米老鼠和小熊维尼的书放在我的面前。与其说我讲故事，不如说我是照本宣读，实在不知所云。妈妈用手指着我："你像念经一样，她们到底有没有听进去也不知道。"

　　"我知道我该怎么做，教育孩子我比你懂。"我争辩道。

　　"讲啊，干吗不讲？"两个孩子在一旁焦急地催促着。

　　"人家老师都是教一遍又一遍，一个字重复一节课，哪像你这样，你根本就不会教书，差太多了，不是差一点儿。"妈妈边扫地边责备。

　　爸爸被逗得哈哈大笑，有一种渴望天下大乱的兴奋。

　　两个孩子不停地催着："不要吵嘛，快点说嘛！"我摇了摇头，不理妈妈的责备，坚持把那本书一五一十地读完，我心想：爸爸妈妈真的是老糊涂了，学了几个月的电脑，连开关机都不会，记得邻居王叔叔曾骂儿子："你们现在什么狗屁不通的书太多，尽出这些不伦不类的书。"我也曾一再以为把四大名著、《365夜》之类的故事讲给孩子听，就能为孩子积累文学基础知识。今天面对这本不知所云的书真是感慨万千，元洁只认得几十个汉字，她完完全全能生吞活剥地把书看完。我不明白刚才读了些啥，但两个孩子却能走进去与唐老鸭成为知己，爸爸妈妈的思想比我僵化，我的思想比孩子们僵化。孩子们身上有一种特长，那就是世界上的一切对于她们来说都是那么的新奇，兴趣就是最好的老师。这也让我看到了一片光明和希望，孩子们的心灵是一片空白，就要看大人们如何去填充它。妈妈所说的教育完完全全是一种填鸭式的应试教育，孩子们的智力不是得到了开发，而是受到了限制。他们不能充分发扬自己的个性，只是成为人们心目中的好学生。

任何一门学科都是通过一点一滴不断地努力，量变引起质变，写文章也不只是作家的事情，而是整个社会人人都可以不断完善的过程，学生们不必天天苦思冥想地写"一件小事""理想"之类的文章，他们完完全全可以用自己的心把自己的点点滴滴记录下来，只要用心捕捉，用心去充实自己，每一个人都能成功地书写自己的一生。有个小朋友很怕写周记，我对他说："你不是很喜欢看动画片吗？你把每一次看到的内容写下来。"从那以后，他每周都能愉快地完成作业。这便是素质教育中的一小部分。我希望越来越多的人在人生中找到自己的位置，使自己更好地享受生命的精彩！把我的思想传递给更多的人，让更多的人享受到生命的赠予，这是我渴望去做的事情，也是我来到这个世界的目的。我是来爱的，也是来被爱的，我渴望把这浓浓的深爱留在这生我养我的世界上！

第十五节　作业与QQ

　　夏天的福州城是全国的火炉城市之一，人们吃过晚饭，或穿短袖背心或摇着扇子，尽可能地散发全身的热气。在店门口有一条琴亭河，河水污浊，蚊子甚多，我的店旁十米处是客家人开的大排档，我的店门前有个大空坪，孩子们爱到这儿玩游戏，看蚂蚁搬家，跳皮筋，有人抱了些艾草在稍远处燃起来了，发出红光，白烟袅袅飘散。孩童们打打闹闹，跑来跑去，唱着："火烟转转，转去吃鸡卵；火烟上上，上去吃鸡汤。"

　　肥胖臃肿的妈妈左手提着个塑料袋，右手拎着个沉重的布袋，她把布袋递给我："这是我买给元洁吃的苹果、香蕉。"

　　"不要去买，这么重，难提，我自己会买。"

　　"元洁作业做完了吗？我还借来了二年级上册的书。"妈妈边说边打开塑料袋。

　　"没做完，她一直在做！小孩子怎么要做那么多的作业！"

　　妈妈勃然大怒，脸涨得通红，伸出颤抖的手指责我："不管哪个家长都是嫌老师作业布置太少了，人家送往这里补习，那里辅导，哪有像你这样的！"

　　我懒得理妈妈，我拿起陀思妥耶夫斯基的《罪与罚》打算走进房间看，这又触怒了我的妈妈，妈妈歇斯底里地骂道："自己这么老了，还读什么书，赶快把时间花在教育孩子上。"

　　"我怎么不能读书？你赶快去多读一些书，增加一些修养，不要一天到晚火气这么大。"

　　"现在的孩子和你们那时的不一样，以前你哪做过元洁这么多的组词。"

　　"书读得好不能解决一切，人活在世上主要的是生活而不是读书，像邻居熊冬敏那样连一个碗都不会洗，考个博士，家搞得一塌糊涂有什么用。"

　　一个中年男子走进来量血压，只见他头发浓密黝黑，像一顶帽子覆盖在头顶上，高高的额头、浓黑的眉毛、眉毛处的颧骨向前突出、双眼皮、鹦鹉鼻，牙齿极不整齐，说话时嘴巴几乎牵动了整个脸部，笑起来时，鼻根部出现像台阶一样的皱纹，两眼角的皱纹沿着眼皮的皱褶呈扇形向外开放，从耳根到下巴全是粗粗的胡茬儿，若不是被剃须刀刮得干干净净，一定是密密浓浓的络腮胡须。他满脸的笑意，我便不由自主地和他攀谈："我女儿性格比较安静，她爱看漫画书，我带她到图书馆，她坐了一上午，到了十二点我要带她回家。她反问我：妈妈，你不是说上图书馆要待一整天吗？我便和她一直待到傍晚，她有兴趣，这样她才能学到更多的知识，我妈总是希望我女儿考一百分，整天抱两本书，我很反感，总是和她吵。孩子吃馒头也是行的，她偏不行，三餐非得吃饭，孩子不吃饭，她就干着急，抢着喂饭，孩子要是实在不吃，她就在一旁哭天抹泪的。"

"哦。"

"老师要求孩子三天写一张看图说话，孩子觉得家里有电脑，一种虚荣心起作用，每每要用，我让她自己使用，她便上网用QQ聊天了。"

"她这么小也会打字？"

"她会用拼音时便会打字聊天。"

"她怎么会有QQ？"

"我帮她申请的。"

"这就是你的问题。"

我一时语塞，没法解释。我很想对他说："我为孩子申请QQ，在女儿两岁时我便教她玩网络游戏，甚至向电脑专业人员求教如何玩游戏，以便更好地指导孩子，这便是我！网络是新时代的产物，如果孩子连电脑都不会玩，他就是实实在在的文盲，与社会隔离得千里万里之远，纵使笔试能取得一百分也是不能适应社会发展的。"但我却没胆量说出口，毕竟，这只是我个人的想法，能沟通吗？晚上，我对章腾说了我的想法，章腾笑道："你是一个神奇的妈妈。失败乃成功之母，你是失败，女儿是成功！"逗得我笑趴在他的怀中。

网络为女儿带来了全新的天地，女儿从中汲取了许多的滋养，伴随着她的成长，她渐渐地迷上了她的网友作家，她又成了另一个动漫专家的粉丝，她甚至聘请了全国一流的动漫摄影师到我们家来拍摄节目……

有许多家长一看到孩子迷恋动漫便生气，尽全力阻止。我认为动漫是一群出类拔萃的精英的会聚。你做个动漫连续剧出来试一试，既然你做不出来，你为何不承认人家比你强呢？能迷住孩子们的心肯定有其独特的魅力！阻止孩子参加动漫活动犹如大禹治水，不会疏导，只去堵，越堵越糟糕！引导孩子安排好学习，允许他们拥有业余爱好，让孩子汲取各方面的营养，才是理想的教育！

第十六节　十万个为什么

　　我独自支撑着那个店一年后，高章腾来到了我的身边，同时还增加了两个人手。那时，福州市要创国家级卫生城市，我们的单位是一个重要的窗口，事情越发多了，我们像陀螺似的忙碌个不停。紧接着，原先的出租方提出要出售店面，我终于明白当初租店面时，他们为何只同意签一年合同。为了生存，我们只得寻找合适的店面，经过一番努力，我们买下了新的店面，然而负债累累，我们省吃俭用，连员工都没舍得多请，能自己做的事情尽量自己去做。

　　有时我外出开会、借款、办理杂七杂八的琐事，章腾一个人努力地做着各种杂事，像他人说的那样——医生、护士、药工、收费甚至卫生工、保姆全都包了。

　　我们的吃苦耐劳似乎也影响到了女儿，她常常在周末帮我们套垃圾袋，打扫地板。在一个晴朗的日子里，女儿怀抱着一头猪宝宝的陶瓷罐来到了我们身边，把它送到了章腾的怀中："爸爸，这是我存的款，给你还债。"章腾哽咽地抱着女儿："宝宝……"便再也张不开口，把女儿紧紧地抱在怀中……

　　正在这时，有个中年妇女急匆匆地走进来："医生，帮我量一下血压！"

　　我连忙走到诊桌前，帮她量血压，同时，我对她说："量血压是一定要平静休息十五分钟再量，至少也要休息五分钟。血压高的人如果凡事慢三拍，血压肯定会有所下降。吃东西要清淡，不要吃重口味儿的东西，一定要适当控制饮食，体重的适度下降也会让血压有所下降。我常常教病人一定要发挥想象力，想象自己像小鸟似的在高空中飞翔，像鱼儿似的在水里游。"

　　"哪有时间？整天忙得很。"

　　"不需要很多时间，任何空闲的时间都可以，比如这下，我在帮你量血压，我就可以在脑海中想象，这非常有利于健康。也算修身养性的一部分吧。"

　　余主任朝我走过来，竖起大拇指："每一个成功的男人身后都有一个默默无闻的女人！"

"成功的女人呢？"我微笑着反问道。

"成功的女人，那就完蛋了。"余主任叹了口气。

元洁纠正道："说得不对，成功的女人身后有很多男人！"

这句话一出，所有的人都大笑不止，元洁被笑得莫名其妙。我连忙止住，夸奖道："元洁说得真好！"

"妈妈，为什么衣服叫衣服、裤子叫裤子？为什么衣服不叫桌子或者其他的东西呢？"

余主任摇了摇头："这个问题可就复杂了。"

我沉思了一会儿，解释道："其实衣服也不全叫衣服，比如福州话叫'衣裤'。英国人叫clothes，不同吧！差很多，是不是？任何一个东西都是有出处的，人类在发展的过程中，为了交流，先用肢体语言，然后，通过发声，表达自己的意思，经过很多代人的总结最后固定在一个词上，大家都认可的一个词，所以，我们把衣服叫衣服。"

女儿又问了句："妈妈，英国和美国离得那么远，为什么都是讲英语？"

"妈妈还真不懂。"

章腾笑着对我说："这都不懂，你再想想！"

……

经过反复的思索，我明白了。我们之所以不懂，有的是因为知识太难，我们不懂；而有的知识并不难，是完全没有用心去想。我们学知识时不仅要知其然更要知其所以然，只有真正明白了其中的道理，学到的知识才能够记得牢，才能化为己有。

爱提问题的孩子比比皆是，我们成年人是如何对待的呢？有个老师拿着一个火柴盒问大家："你能用它装什么？"

成年人的答案只有若干个，而孩子们的答案却是千奇百怪，什么都能装下去，大象、狮子、太阳、月亮、空气、精灵、甚至宇宙……他们的思想不受约束，他们随时都张开想象的翅膀……任心灵在天空自由地翱翔！

第十七节　考试成绩的下滑

最诱人的是我家附近的荷塘。来到池塘边，荷花一株株挺立在那儿，它们姿态各异，有的含苞待放，有的张开了两三片花瓣，有的全部盛开了，有的似亭亭玉立的少女……有了荷花，当然少不了荷叶的映衬，荷叶像一把把大伞，使得这些荷花更加粉嫩、更加秀美。清晨，晶莹透明的露水在荷叶上晃动，一阵风吹来，荷叶上的露珠像断了线的珍珠一样往下流。

我的性格犹如爱张扬的荷花，元洁的性格恰恰相反，是一个不太出众的女孩子。全班五十个同学中，已经有三十多个同学加入了少先队员，这一批总算元洁有机会了。随着一次又一次考试成绩的公布，几乎全部满分的成绩令张老师对元洁刮目相看。

有一天，天上乌云密布，满怀忧愁的妈妈的脸比乌云更阴沉，她郁闷地对我说："元洁这次数学才考了七十多分。"我得知后在内心深处进行了深刻的反思，希望女儿尽快把这负担放下。

"元洁，妈妈知道你这次考得不好。"当我说出这句话时，元洁显得有点儿不知所措。

豆大的雨滴落了下来，我撑着雨伞与她一起去买卡纸。我又补充了一句："天天都在考试，不可能每一次都考得非常好，总会有失败的时候，这是正常的。"她紧张的情绪很快消失了，但有点儿迷茫……

我把雨伞往她那儿稍稍移了一下，对她说："妈妈连大学都没有考上，不也过得很精彩。妈妈工作后，连单位都抛弃了，辞职后出来打工，经历了风风雨雨。我只想对你说：'人活一辈子，命是最重要的，其他一切都不重要。考试成绩已经是过去时，一点儿也不重要。妈妈希望你每天过得快乐开心并且有所收获，这才是最重要的。很多人把考大学当作目标，我希望你不要设这样的目标，考大学只是人生前进的一个台阶。如果你考上大学后，便渴望去享受，那这辈子就失败了。我渴望你这辈子有一份能养活自己的工作，同时有自己喜欢的事业，执着地去追求，不管是否成功，妈妈都是很欣慰的。'你看，这雨是不是很令人讨厌？"

"我的鞋子都湿了。"女儿厌烦地说了句。

面对孩子成绩的下滑，每一个人都有不同的方法。每一个孩子都渴望自己是最优秀的。我们不能用粗心大意或者骄傲这样的文字来为孩子解脱。懂就是懂，不懂就是不懂，做错了作业就是不懂，至少是不太懂，也可以说不能熟练掌握。

这个章节教的是三角形，我考了九十分，而下个章节教的是圆柱体，我考了四十三分，大多数人都认为我退步很多。但我想：圆柱体是新知识，我如果没来上课，老师直接发卷子给我考，也许我考个鸭蛋或者一二十分，我能考四十三分，我一样学了些知识，只是我没学明白，一知半解，故而，我考了低分，我仍在进步，只是这个章节对于我实在太难了，我没法理解。我尽了力，尽管我不能取得好成绩，但我仍在进步，老师家长们，你们为什么不表扬一下我呢？你们全都批评我，说我傻，说我笨，我被指责得体无完肤，连做人的渴望都丧失了。

这是我的理念，也许我对孩子的教育理念有点儿古怪，与大多数人有点儿差别，但我认为任何人的每一天都是可贵的，不管是孩子还是成人。对于生命来说，只有今天才属于自己，昨天已是往昔，明天尚未到来，我们不能为了没有到来的明天而扼杀了今天的快乐。在我们学习走路的时候，我们总是对孩子说："宝宝，没关系，摔倒了，再爬起来。"可孩子们考试的成绩不理想时，我们为什么不也这样对孩子说："孩子，没关系，考砸了，重新开始！"

正在这时，乌云密布，闪电撕开了一条缝，雷声轰鸣，花生米粒大的雨不停地砸向地面。我们母女俩恰恰躲进了小商场，可以在这儿慢慢挑选自己喜欢的小物品。

过了一会儿，雨渐渐地小了，元洁开心地指着天上的雨丝对我说："妈妈，这雨好漂亮呀，你看，你看，那是彩虹。"

"是的，宝宝，考试成绩差就像刚才的阴天，阴天之后纵使下雨也会有美景出现，是不是？而且，如果不是被雨困住了，我们也许只是买两张卡纸就回家了，你说这雨还那么令人讨厌吗？"

她若有所思地点点头，手里捧着自己精心挑选的几件精美小物品："妈妈，这么说，我还要谢谢天上的雨？"

"是的，人就得感恩自己所有的遇见。人一辈子将会遇到很多很多的暴风骤雨，妈妈希望你不管遇到任何挫折，都能摔倒爬起，再摔倒再爬起，不要让挫折影响你的情绪。感恩一切，人生便是这样，过好每一天，知道吗？"

　　她开心地点点头，雨渐渐地小了，我撑着雨伞与她一起行走在这雨景中，我们被迷人的雨景吸引了，我们母女俩尽情地在雨中享受着……回到家后，女儿拿出彩色水笔把那彩虹画在纸上，那美丽的彩虹必将永远烙印在她的心中！人生便是无数次的摔倒爬起，再摔倒再爬起。人生便是解决问题的过程。在人生舞台上，每一个人都是导演，而且都是现场直播！

第十八节　捐　款

艳阳高照，因河道全面整治，琴亭湖的水清澈见底，数不清的鱼儿在河中游着。午饭后，人有点儿困，趴在桌子上小眯了一会儿，此时，有一个中年男人王平安走进店来要打针，我只好起身到护理室，他表情淡定地对我说了句："我的家乡地震了。"

"有没有人被压伤了？"

"没有，房子塌了。"

"那不是挺好的，房子倒了再重新盖过，有新房子住，这是喜事呀。"

王平安的脸色猛然阴沉，恼怒地对章腾说："你老婆的心很狠，居然说我的房子倒了是喜事。"

章腾笑嘻嘻的，没有搭话。

紧接着，我们打开电视看新闻，汶川地震的消息铺天盖地地播放着，我的心万分沉重，我原以为只是王平安一家之事，我实在想不到我们的国家遭遇如此的大难。那一刻是2008年5月12日14点28分。

历来不关心新闻的我从此见缝插针地关注着汶川的情况，走到街上，只要遇到募捐，我总是尽可能地捐款，常常掏空了口袋。

次日中午，元洁拨了电话过来："妈妈，我想捐出五百元的压岁钱。"

"好啊，乖孩子。"

又过了二十分钟，我接到妈妈的电话："元洁要取五百元压岁钱，她说妈妈同意的，你不能这样宠着孩子。她上周学校组织捐钱，刚刚捐了一百元，怎么能这样不停地捐呢？她还不会挣钱呀！"

妈妈的话提醒了我：是啊，孩子还没有挣过钱，她没资格用这些钱。可我该如何劝说孩子呢？

太阳暖暖地照着大地，我的心沉甸甸的，像压了块石头，该如何劝说女儿呢？对于捐款，我应该大力支持，可孩子追求的是被老师表扬，而不是真正发自内心地愿意帮助受难者。我骑着电动车赶到了妈妈的家里，我对元洁说："你真的决定捐五百元吗？"她点了点头。

"妈妈支持你，你主动捐款非常好！但是，既然是心甘情愿地捐款，就不需要被他人知道。不要到学校去捐，我和你一起到银行去捐，悄悄地，不要告诉别人，好吗？"

元洁抿着嘴，皱着眉头，陷入了沉思……经过反复考虑，她退缩了，因为她的存折上一共只有六百多元的压岁钱，她终究舍不得了，最后，她到学校捐了一百元。

做善事应该发自内心深处的渴望，不攀比，不夸耀，这才是发自内心的美丽。

我拒绝元洁之后，心下万分难安，掏了一千元到银行，当我对银行柜员说一句："我想捐款给灾区。"他们马上开了绿色通道，让我直接到某柜台办理，享受了一次特别的待遇，一辈子永远难忘！

过了些日子，元洁写了一封信，内容如下：

自从四川大地震发生后，我就一直深深地牵挂着你和你的小伙伴们。我每天都密切关注着你们的情况。当我看着你们的楼房一次次地倒塌，看着你们的书本一次次地被埋没，看着你们的亲人一次次地远去，看着你们一次次悲痛欲绝地哭……我的心就一阵阵撕心裂肺地痛。当我看见屏幕上的死亡数字不断攀升，我感到恐惧和不安：到底什么时候，这一连串数字才会静止不动？到底什么时候，你们的世界才不被哭泣、悲伤所笼罩……就在这时，一个天使般的化身，你——林浩，出现在我早已模糊的视线中：在废墟里，你表现出与年龄毫不相称的镇定，带领同学们唱着学校新教的歌——《大中国》。坚强的你经过两个多小时的自救，终于从废墟下爬了出来。勇敢的你冒着生命危险，先后两次钻入废墟下，救出两名同学。你为了救同学，不顾自己身上的伤痛，你的额头和右手受伤了，但你并没有放弃，而是继续把你的同学救出来……

至今，我仍清清楚楚地记得，当记者问你为什么不顾自身安全去救同学时，你用稚嫩的童音大声宣告："因为我是班长！""因为我是班长！"多么纯朴的一句话，深深地感动着我，感动着每一个中国人。

你用坚强的毅力打败了死神，用感人的事迹树立了中国人民学习的榜样，用智慧和奋勇吸引了世界的目光。小林浩，你是最棒的！

　　小林浩，你最近身体好吗？要多加注意哦。寒冷的冬天到了，不知道你们那儿天气冷吗？这个冬天虽然冷，但是，我们会用我们的心温暖你们的心，让你和所有灾区小朋友那冰冷孤寂的心融化在我们的一片温情里……这个冬天，我们会和你们一起度过！

　　小林浩，如今，灾难已经过去，历史将翻开崭新的一页，让我们共同努力，把过去的伤痛化作新的动力和希望，抬起头，追赶灿烂的朝阳，追寻金色的理想吧！

　　祝

　　身体健康！学习进步！

一个牵挂着你和你的同伴们的小学生：元洁

2008 年 9 月 29 日

　　常常听到一句俗语："积善之家，必有大福！"有人认为这是迷信之说，但我不这样认为，我认为只有用大爱去滋养孩子才是首要的，也只有爱才会让子孙后代传承下去……

第十九节　放烟花

　　春节是一年中最开心的节日，我们夫妻俩为了盖房子省吃俭用，从女儿出生到五岁，每到春节，有时我的妈妈和姑姑会买新衣服给元洁，我和章腾便省了心，当时负债累累，夫妻俩都没有购买新衣服的渴望。到了春节，大街上，许多商贩忙个不停，有卖气球的、有卖糖葫芦的，还有烧烤摊和卖各种各样灯笼的，琳琅满目，令人目不暇接。

　　元洁天天盼望着春节。从她两周岁开始，每逢春节，在漆黑的夜晚，她总是开心地背上那一对蝴蝶翅膀，四处奔跑……元洁不停地催着："爸爸妈妈，快一点儿，那儿又有人在放烟花，快一点儿……"元洁像一只不知疲倦的小蝴蝶，只要听到哪儿有声响，看到哪儿有亮光，就一定要飞奔过去，鞭炮噼噼啪啪地响着，只见他人点着捻儿后，从烟花筒里蹿出一个个嘶嘶响的火星，好像一颗颗流星飞上天空，突然一颗"流星"砰的一声，一个"降落伞"从天而降，元洁还没有看够，又一颗"流星"升上天空了，"降落伞"又出现了，夜空中点点明光，多像一群小仙女打着灯笼……啊，太神奇了，她高兴地拍起了小手，唱起了歌儿……

　　在她四五岁时，开始尝试放烟花，她既渴望又害怕，总要章腾抱着她，点烟花的时候，她颤抖的手被章腾握着伸向烟花捻儿时，她紧张地闭上了双眼，等烟花点燃，章腾对她说："宝宝，快看。"只见天上一朵朵五彩缤纷的烟花炸开了，烟花们手拉着手，一起来完成这场空中演出。有的烟花的"花瓣"像火箭一样；有的烟花把姐妹们炸开的声音当作了音乐，舞动着自己的彩带，正在跳舞；有的像参加歌唱比赛似的，唱出一首首动人的歌曲……

　　在她读小学时，已经能独立放烟花了，甚至带着弟弟妹妹一起放烟花。在隆隆的"春雷"声中，烟花时而像金菊怒放、牡丹盛开；时而像彩蝶翩跹、巨龙腾飞；时而像火树烂漫、虹彩狂舞。夜空宛如姹紫嫣红的百花园。瞬息万变的烟花，曼妙地展开她一张张浅黄、银白、翠绿、淡紫、清蓝、粉红的笑脸，美不胜收。巨大的烟花在空中绽放，花瓣如雨，纷纷坠落，似乎触手可及。

大概在元洁十岁时，春节前夕，她很慎重地对我们说："爸爸妈妈，从现在起，我们一家人再也不放鞭炮烟花，可以吗？"

我惊讶地问她："为什么？"

"那会造成环境污染！"她坚定地回答。

对于女儿这一要求，我们予以大力支持。在那一天，我猛然感到烟花在寂静的夜空中爆开时，虽绽放出七彩的美丽，但它在爆发时的巨大的响声，给人们带来了强大的噪声；它为了留下美丽的倩影，制造了许多的烟雾。为了那一瞬间的美丽而破坏了人类的自然环境。

三十晚上，在迎新春的钟声敲响的瞬间，鞭炮和焰火不绝于耳，浓浓的火药织成了密不可透的屏障。我们连忙关上窗户。凌晨，我披衣走出家门，银白的灯光洒在地上，满地都是鞭炮和焰火的残渣。弥漫在空气中的火药织成了浓烟的网充塞于鼻腔，浓烟把所有的景物都罩住了，烟花是用一秒的灿烂换取人们的阵阵喝彩。

正在这时，"嗖嗖嗖"，一束束耀眼的光线飞上天空，"啪啪啪"，那一束束光线突然炸开，金色的、银色的、红色的、绿色的、蓝色的，星星般的花朵向四周飞去，似一朵朵闪光的菊花，光彩夺目，把夜空装点得美丽、婀娜，把大地照射得如同白昼。

蝶变的民谣在我的耳边回响：

丢失一个钉子，坏了一只蹄铁；
坏了一只蹄铁，折了一匹战马；
折了一匹战马，伤了一位骑士；
伤了一位骑士，输了一场战斗；
输了一场战斗，亡了一个帝国。

那一刻，我的心被女儿震撼了，她是那么聪慧，顾全大局，我终于明白世界是属于孩子们的，世界因他们的到来而更加美丽。也许有人会认为我们停止放烟花，年味儿会淡了许多，这几十年的幸福生活让我们觉得我们每一天都是幸福快乐的，我们每一天都在过年，都在享受上苍的赠予……

福州有句俗语："学好三年半，学坏三天半。"要用正能量引导人们朝着阳光的方向前行是不容易的，但我想：假如每天能汲取一点点滋养，每一天前行一小步。只要人人都付出一点爱，世界将变成美好的人间！

第二章
初 中 阶 段

DIERZHANG
CHUZHONGJIEDUAN

第一节　吸　烟

　　走进女儿的小屋，你会发现房间收拾得并不整洁，一张大床铺处在屋子的正中央，左边墙角放着两个小书架，书堆得有点儿零乱，有的被归位后没有安放好，有的积了些灰。床上锦被绣衾，帘钩上挂着小小的香囊，散发出淡淡的幽香，右边墙角摆放着一酱紫色的书柜，书柜上堆着各式各样的书——世界名著、作文书及少年儿童迷恋的韩寒、郭敬明等作家的作品，墙壁上张贴着许嵩的照片，有和真人身高相仿的，也有一寸的头像，在床上还有一盒许嵩的歌曲磁带，暖暖的阳光从淡黄色的木窗透进来，零碎地洒在许嵩的脸上。窗台上摆放着一盆茉莉花，微风从窗口吹进来，垂挂在两旁的窗纱像两缕柔发在轻轻地拂动着，随着风从窗外带进一缕淡淡的花香。每一个角落都充满着青春的气息。

　　我尊重女儿的一切，不敢轻易去动她的东西，看她在床上摇头晃脑地听音乐，不想惊动她，只是在一旁悄悄地享受着幸福的滋养。在窗户旁边的抽屉里，一盒中华牌香烟跃入我的眼帘，我大吃一惊，我拍拍她的肩膀："元洁，你的哪个同学会抽烟？"

　　她的眼角闪过一丝惊恐的神态，细微得犹如一枚细针掉进湖里，一下子就看不见了。她的小眼珠转了一下，抿着嘴摇了摇头。

　　我带着困惑的神情再次问道："你的哪个朋友抽烟？"

　　她低下头，咬着嘴唇又摇了摇头。

　　内心细腻且敏感的我压低声音，在她的耳边悄声问道："是你自己抽的吗？"

　　两行冰凉的泪珠沿着她的两颊滚了下来……

　　我的心好痛，头一蒙，身体晃了两下，几乎要晕倒在地。幸亏我坐在她的身旁。我的女儿年仅十一岁，她竟然抽烟了。我似乎看到了她用纤纤细手熟练地夹着一根细长的香烟，随着"啪"的一声打火机的声响，她用从他人那儿学来的技能，吸足一口烟，噘噘银币似的小圆嘴，向空中一吹，就出现一个团团转的烟圈圈，烟雾从她那小嘴里一圈一圈地向上升腾……

这种想象令我焦虑不安，像一条毒蛇在撕咬我的周身。

我又问了句："你抽了几根？"

她没有回答。

"三五根吗？"

她的沉默让我明白她已经不知道烟的根数了……

我心痛地道了句："妈妈只怕你把身体弄坏了。"

我心如刀绞，没有多说其他任何一句话。生活把灾难降临到头上时，只能用双肩去承受，我深知说再多的话都没有意义。一切唯有留给时间。

我深知女儿会抽烟的源头缘于我的父亲是个大烟鬼。这还不够，父亲是个爱显大方的人，家里总是堆着许多香烟和打火机，他觉得如果客人到家里找不到香烟或者自己不能大方地多递上几根香烟会被人当作小气鬼。故而，我的女儿拿了那么多的烟，他竟然一无所知。我望着女儿抽屉里的那一包还有18根香烟的盒子，不知如何是好。

带着纠结痛苦的秘密，我保持了从未有过的沉默，不仅没有和父母倾诉，甚至连日记都没有去写，好像随时会被人知道似的，心里像悬着一根针，这细针随时可能穿透我的心，让我倒下……

过了两天，当我再次去妈妈家时，我发现女儿把香烟和打火机都悄悄地放回大厅，她的屋子里没有香烟了，而我的父母根本没有察觉……

我的心里仍有点儿担心，担心女儿有烟瘾。随着时光的流逝，我明白自己的担心是多余的！我想不到女儿的自制力如此强大！我深知女儿从我的话语中感受到深爱——包容一切的爱，化解所有矛盾的爱。她的心中一定千万次地重复我的那一句话："妈妈只怕你把身体弄坏了！"

我想告诉家长们：你的不良习惯会很快地浸润孩子的世界中……为了孩子，请你们用心做好自己！只有先把自己做大、做强，才能真正地引导孩子更好地发展！当你渴望你的孩子考出好成绩时，请你拿起一本书来用心品读吧！榜样的力量是无穷的！孩子是父母的复印件，当复印件出了问题时，请在原件上找原因。

在女儿成长的过程中，很多人羡慕我女儿的聪慧和乖巧，他们甚至觉得我不用管孩子，孩子也能健康成长。事实上，我用的是一颗深沉的大爱之心，在女儿三五岁时，我会购买《水浒传》《西游记》等名著的儿童版读物，我在店里见缝插针地不停翻看，甚至把它们背下来，以便于周末与女儿交流。在女儿长大之后，我会用心品味女儿购买的各种课外书，对女儿房间里许嵩、韩寒等作家的作品用心品读。我理解女儿追的星，理解女儿所做的一切。亲爱的家长们，千万不要对孩子说："你看，人家×××的孩子多出色！"我们没有机会选择孩子，孩子也没有机会选择家长，如果孩子也反击你："我怎么没有那么好的父母？""他们的父母是教授。""他们的父母是亿万富翁。"你的心里好受吗？

　　孩子是上苍送给我们最好的礼物，既然是最天然、最美丽的礼物，我们更应该用心用情去珍惜！

第二节 女儿，你在哪里

游泳池里传来哗哗哗的扑水声、小孩子害怕的啼哭声、女人的尖叫声、欢呼声。太阳缓缓地落山了，夕阳西下，天渐渐地暗了下来，我打开大厅的灯，昏暗的灯晕散开慵懒的气息，哎，灯怎么越来越暗呢？想当初装这些五彩缤纷的各式各样的灯是那么令人欣喜和兴奋，女儿总是不断地按着开关，每一次按压都有一阵惊喜，她欣喜若狂地拍着小手，用响亮的声音高呼着："妈妈！妈妈！你看！你看！"然而，此刻，什么奇迹也不曾发生，整个屋里就我一个人，我屡次按压开关，三种颜色的交替，没有一种是亮堂的，全部都昏暗极了，桌上那杯开水早被冷空气袭走了盈盈生机，杯壁上布满星星点点的水印，那是女儿专用的杯子，女儿怎么还没有回来，五点了，往常这个时间，我们一家人其乐融融地坐在饭桌旁，匆匆忙忙地扒着米饭，章腾总要赶着去给病人看病，桌子上虽没有山珍海味，但笼罩着家的温馨和快乐。望着远方袅袅升起的烟团，一团乱麻凝结在心头，我挪着笨拙的身躯在小屋里悠来荡去，此刻，女儿，你去哪儿了？

女儿的琐琐碎碎便从脑海中浮现了出来……

女儿刚出生时的啼哭声若隐若现地出现在我的耳边，女儿，妈妈不让爸爸抱你，因为妈妈深知把你紧紧地抱在怀里并非是真爱，狠心地把你扔在一旁，任你啼哭不已。因为爱是发自内心的无法用尺寸衡量的力量，我深知活在这世上，路最终得靠你自己去行走，我不能把你过分地宠爱……

你的爸爸一次又一次地渴望把你抱进怀里，我一次又一次地用坚定的信念阻止他，就这样，在一夜的啼哭之后，你似乎明白了这世上不存在救世主。从那以后，你每天都只是吃饱、睡好，纵使醒来也是一个人在床上自行其乐，随着你渐渐地长大，你开始玩纸、抓玩具……

女儿，你在哪里……

我在期待中煎熬着，差不多七点钟了……女儿仍没有丝毫的消息，思绪便如一川烟雨，满城风絮……

家里四周的银白似乎被女儿的消失抽走了温暖。家是由人组成的，妈妈总说这个家章腾是最重要的，靠章腾挣钱！我难道可以生病，女儿难道就不重要？家是由我们三个人组成的，我们每一个人都是至关重要的，我的女儿，你去哪儿了？你天天背的小背包不见了踪影，连早上穿的睡衣都没有看到？你带走了吗？

昨日的点点滴滴浮现到了我的眼前：

女儿用伤感的口吻对我说："妈妈，我有个同学生日，要我送她礼物。"

我没当回事儿，随口应了句："那就送呗！"

"我讨厌她，我就不送！"

章腾附和道："我们就不送，不理她！"随后，章腾便匆匆忙忙地上班去了。

"妈妈，我想换个学校。"

"别出花样了，读得好好的，换什么学校！妈妈哪有精力管你这样的事情！"我用一种不容商量的口吻反驳了她。

女儿，你是妈妈的心肝宝贝，是我身上掉下来的肉，我怎么可能不在乎你的开心与欢乐呢？可妈妈并不是万能的呀！妈妈怎么可能做到想换学校就换学校呢？

昨日，你打开懵懂的心扉，我却无情地扯断它，我深知你被冰冷的荆棘刺伤黯然痛苦，可我对你的冷若冰霜依然是爱呀，我以为把你抛向那无人的深渊，你会静下心来反省，你会在黑暗中点亮另一捆火把……女儿，你去哪儿了？我因自己的粗心把你这张绣着彩图的白纸撕得粉碎，那片片凋零下来，我该如何找胶水来粘贴？

今天早上，当第一缕阳光透过窗户洒向桌面时，我揉着惺忪的睡眼，悄悄地走进女儿的房间，望着熟睡的女儿，多渴望能亲吻她那可爱的小脸蛋，我望着平静的睡梦中的她，眼角还有一点儿泪痕，那是妈妈没有照顾好你，让你受了委屈，但我不敢惊扰你，我担心自己不小心敲碎了你甜美的梦乡……

此刻，女儿，你到底去了哪里？我和章腾拨通了几十个电话号码，我的父母、公婆、姑姑、婶婶、同学A、同学B、同学C……所有能知道的电话全部一一拨了过去，可仍没有女儿的消息。

八点半了，女儿，以前你这时候早就到家了，纵使有时没有回家，我也清晰地知道你在某个同学家中，等着我们去接你，可现在，你去哪儿了呢？

章腾和我唯一能联系你的通信方式似乎只有QQ了，但女儿似乎一天都没有登上QQ，我们相继在QQ上发留言："宝宝，回来吧！爸爸妈妈按你的渴望帮你去找校长或老师，让他们帮助协调换学校，好吗？"

章腾想起了最近女儿密切接触的一个女同学丽丽，可并没有丽丽的电话呀，他又一一拨通了其他同学的电话询问丽丽的电话……

九点十五分了，亲朋好友们相继挂电话过来，都没有女儿的丝毫消息，我心里只有一种恐惧和害怕，我后悔了，如果时间可以倒退，我断然不会用那样的态度与女儿说话，我一定会带着她一起去想办法……

我又在QQ上发出："妈妈错了，向你道歉，我不该用那么冷漠的态度对你……"

紧接着，女儿的QQ头像闪了一下……

终于联系上了，章腾随后开车去接她……

把女儿接回家时已是十点多了，女儿似乎失而复得了，粗重的鼻息间，我仿佛嗅到了久违的暖意，洗漱完毕，大家都上床睡了，我的脑海中却涌现出女儿的一幕幕往事，她用细嫩的小手摩挲着我的发梢……不管用自行车、电动车还是摩托车，只要我把她往上面一放，她便睡着了……

她结结巴巴地向我讲故事，每一次的嘟嘴，每一次的懊恼，每一次的流泪都带给我万分的欣喜……

从女儿的出生到成长的点点滴滴都在我的心海中翻滚着……

次日，我带着女儿一起去找校长，敲学校的大门，但没有一所学校同意我们转学，我们母女俩几乎进不了学校的大门，偶尔有一两个学校的校长会接听电话，和我们说转学的艰难……就这么折腾了一段时间，她似乎累了，时间一天又一天地过去了，女儿也在不断地成长……

第三节　我没那么多闲情哈

自从家里购了小车之后，小车搭起了我们家的情感桥梁，只要有机会，三三两两总是欢聚一堂，前往某个地方，抑或登山，抑或打球，抑或冲浪……

清晨，雾气弥漫着大地，像有层薄纱把金色的田野、沉甸甸的谷穗、远近的村庄都笼罩起来了。就在你面前的白云，像绸带飘舞着，缠绕在树丛间、田地里，这世界仿佛是在幻觉中。

浓重的大雾弥漫在山水之间，好像从天上降下了一个极厚而又极宽大的窗帘。我的视线全被雾挡住了，好像生活空间就只有眼前这么大。我们坐在汽车上，雾钻进车窗，在我们的身边、脚下缭绕，黑魆魆的，像与我们玩藏猫猫游戏。

因我车祸后身体不适，高章腾便让程医生多顶两天班，专程陪我去森林公园吸氧。高章腾驾驶着小车往森林公园飞奔。开车在大雾间仿佛行舟在一条雾河里，两旁的松涛声呼呼不断，轻舟一转，已过了万重山，回首再望，已看不见雾曾在此驻留过。

就在我尽情陶醉于森林公园的美景时，一阵清脆的电话铃声惊扰了我，只听到张老师用生气忧伤的语调说："我把你女儿发过来的短信转发给你，你看一下。"

我打开手机："班主任啊，我是高元洁，我没有那么多闲情哈，理想作文我是不会抄第二遍的。"

看到这短信我又惊又急又气，我们只好快速下山，高章腾驾车往我父母家的方向奔驰，一进家门，爸爸妈妈正在大厅打麻将，见我们回家，他俩手上忙着搓牌，嘴里问着："今天怎么有空回来？"

"元洁呢？"

"在屋里。"

元洁像什么事也没发生似的，坐在床上翻看着她新近迷上的许嵩的照片、歌曲……

"元洁呀，你怎么发这样的短信给张老师？"

她保持沉默，好像我说的一切与她毫不相干，我柔和地问了一句："你用外婆的手机发的？"

她点了点头。

"你打个电话向张老师赔个礼。"

"我就不！"元洁倔强地仰起了头，嘴噘得可以挂酱油瓶了。

作为妈妈，我只能耐着性子询问她："到底怎么回事？张老师为什么叫你抄作文？"

"她丢了两个同学的作文本，她要我俩重抄。"

"一共几篇作文？"

"三篇。"

"那你就再抄一遍嘛！"

她坚决不肯，泪水在眼眶里打转："妈妈，难道是要我做一个虚伪的人吗？"孩子的话让我无言以对。我尽可能用温和的口吻，试了两回，没用。这孩子脾气倔强！我只得想办法与张老师沟通，硬着头皮给张老师打个电话："张老师，对不起，都是我把她惯坏了。"

"元洁这学期变了许多，她从小学一年级起就在这个班当班长，前段时间，她主动提出来什么职位都不要，连个组长都不当，我就把她换了下来。"

"哦，我并不知道这些。张老师，都是我把这孩子宠成这样的，都是我的错！"

张老师回答道："你都这么说了！我还能说什么？"

后来，我提笔帮她抄了作文，第二天，元洁对我说："妈妈，张老师说只要抄一篇作文就可以了，不用抄三篇，她一看就知道是你帮我抄的。"我对她摆摆手，叫她不要说出去。

"张老师说这作文得交到教育局存作档案资料。"

元洁倔强的个性从何而来的呢？我穿过时空的隧道去捡拾岁月掉落的片片花瓣……

新房盖好了，窗户、门还未装修，一家人便匆匆忙忙地搬了进去，一岁多的高元洁总是兴奋地四处乱跑，特别是那首曲子一放：爸爸爸爸好爸爸，打起屁股，啪啪啪……高元洁甚至会自己挥起手来拍自己的屁股……我播放着高元洁最喜欢的曲子时，高元洁不小心滑了一下，摔倒在地上，"爸爸，爸爸"。我连忙过去把她抱了起来，但高元洁紧接着又摔了下去，我又抱了起来。但这一次，高元洁索性很快便趴在了地上，我着急呀，高元洁却不肯起身，非要趴在地上，嘴里喊着："爸爸！爸爸！"我急了："这地板太冰了，不能这样，听话，乖，妈妈抱你起来。"

就在抱起来的那一刻，高元洁又趴到了地上："爸爸，爸爸。"

也许是父女的心灵感应，高章腾恰恰从外面回来了，兴奋地抱起了高元洁："真是乖孩子，想爸爸了，是不是？"

望着高章腾得意忘形的样子，我很想狠狠地指责他："你这样子会把孩子宠坏的。"就在我即将喷出这话时，很快地想到了头一天也是这样，当高元洁那一刻渴望妈妈时，高章腾去抱孩子，孩子也是故意一次又一次地摔倒，我不也是欣喜若狂地冲上去抱孩子吗？

这小小的摔跤也许对于家家户户的孩子只是人生中的一个小插曲，没有人会在意这一细节。对于走过这四十多年风风雨雨的我而言，我终于明白这是我们在宠爱孩子，同时培养孩子强烈的个性的过程，我不好说这是对或者是错，任何人的一生都是由一张白纸填充出来的，绝没有无因之果，任何果实都是种子发芽开花后结出来的呀！

我渴望通过这些文字与大家交流孩子成长的过程，以促使我们寻找更合适的育儿方法。

第四节 升初中

女儿考上了朝阳中学，喜气荡漾在家的每一个角落，妈妈更是笑得合不拢嘴，逢人便唠叨个没完没了。

高兴中，妈妈拿出了一小坛珍藏了两年多的松溪红酒。棕红色，香气四溢。在家乡松溪，我们家每年都要酿两三坛红酒。松溪人酿酒是很讲究的。酿酒的时间一般在立冬的第一场雨之后，此时的秋水已被冬水更换，所以称之为"酿冬酒"。水，也十分讲究，要用井水或泉水，河水或自来水是不用的。通常一坛酒，用米八斗，水一担。当然有的富足人家要酿好酒，则水占的比例就得相应小些。酒坛子，是事先准备的。用草木灰退酸、洗净、晾干待用。糯米蒸熟后，起锅时要点香，先给灶神奉上一碗，祈求能酿出好酒。到福州后，家乡亲戚朋友每年都会带红酒给我们，尤其是老酒，妈妈总是舍不得用来煮菜，而是用来招待客人。今天，妈妈高兴之余，便拿出了这坛家乡老酒。

正在这时，邻居王叔叔家在教育他的一对儿女王强和王佳佳。

"为了专职照顾你们，妈妈才放弃那份工作的，你们要努力哟！

"为了给你们买钢琴，爸爸不知加了多少班，你们要好好练习呀！

"为了给你们补充营养，爷爷奶奶天没亮就赶老远去买早餐，真是操碎了心，你们要有良心哪！"

……

王强的爷爷奶奶、爸爸妈妈一个喷出一句话，显得有点儿嘈杂，但不影响我们家的喜气。

桌子上摆满了妈妈精心煮的各种精美食品——螃蟹、虾、拔丝芋头、红烧豆腐、生姜当归羊肉汤等。就在这时，大姑、小姑也带孩子们来了，两个小朋友对桌子上的食物一点儿兴趣都没有，紧黏着元洁："姐姐，姐姐，给我讲个故事吧。"于是，大家举杯欢庆之后，一起鼓掌让元洁讲个故事。元洁见推辞不了，便清了清嗓子："好吧，我问大家一个问题，喝酒为什么要碰杯呀？"两个小朋友自然摇了摇头。"古希腊人注意到在举杯饮酒时，鼻子能闻到酒的香味儿，眼睛能看到酒的颜色，舌头也能尝到酒味，唯独耳朵没能参与这样的快乐。为了弥补这一遗憾，他们就想了一个办法，在喝酒之前，互相碰一下杯子，让杯子的清脆响声传到耳朵里。当然，这只是其中的一个传说，你们要多读书，从书中能学到很多很多的知识。"两个小朋友嚷嚷着："妈妈，妈妈，我也要像元洁姐姐那样，读很多很多的书，有很多很多的动漫玩具。"

过了半个月，学校要求每一个孩子填写意向表，女儿虽然考上了朝阳中学，但由于私立学校的招生是面向福州市的，而每一个学生有可能被三五个学校同时招收，有些学生虽参加私立学校考试，却又没钱交学费没法去读，最终只能按户口所在地读公立学校，为避免这些情况的发生，各小学均发了表格，让每一个孩子认真填写，以此为最终决定权。

然而，女儿觉得朝阳中学不好，她决定放弃，爸爸妈妈急得像热锅上的蚂蚁，不住地批评我、指责我，我只能前往他们家，走进女儿的房间与女儿沟通："元洁，你到底怎么了？你外婆高血压，不小心中风了，怎么办呀？"

"她会死，我也会死！"那近于威胁的话语令我的心扑通扑通直跳。

"你当时不是同意读这所学校的吗？你不同意怎么会参加入学考试呢？"

她坐在课桌前一言不发，一声不吭地趴在那儿……

我悄悄地来到了大厅，妈妈穿着睡衣，声嘶力竭地骂我："你怎么做妈妈的？孩子根本就不听你的？你就不能拿出点做家长的威信来吗？"

我摇了摇头，瞪了她一眼，叫她别出声……

爸爸忧愁地叹气……

夜渐渐地深了，我毫无办法，女儿不为所动地坚持她的理念，我几乎跪在她的面前："妈妈求求你了，有什么事情让你决定不读这个学校？"

她忙走过来，把我扶起来，"我和你说……"话还没说，早已泪流满面……

她拿了一支笔和一张纸，坐在桌前写了起来，过了十来分钟，一篇不伦不类极其潦草的文字展示在我的面前，我实在难以看清，只认得几个似乎有点儿清晰的文字：私下……胜国……朝阳中学……我反复细看数遍，但不理解，只知道胜国是她最要好的男同学，我甚至怀疑胜国与她正处于恋爱之中，但女儿才十一岁，我不能这样去判断，不管哪一次聚会，但凡有四五个同学的聚会，胜国是必参加无疑的！

"到底写什么呀？"

女儿用哽咽的语气简单地说了一下，我渐渐地理解了，她本就不想读朝阳中学，但由于胜国要去读，所以她便报名参加了。可现在胜国不理她了，她本就反感于这所中学，现在更是不想见到胜国，故而她决定放弃这所中学。

"他与你并不相干，何必呢？"

"反正我本来就不喜欢这所学校。"

女儿的话说服了我，我决定以孩子的快乐为首要目标，我同意了她的想法和决定，渴望和她一起劝说老公及父母。

那些日子里，父母及老公断断是接受不了我的思想的，他们想尽一切办法劝说女儿，他们的各种努力又感动了我，特别是老公，几乎是不达目的不罢休，我们不断地用各种利益诱惑女儿，比如：

只要你去读朝阳中学，马上买一辆自行车给你……

只要你去读朝阳中学，带你去四川旅游一趟……

只要你去读朝阳中学，买一台尼康的照相机给你……

只要你去读朝阳中学，外婆给你五百元奖金……

但这一切都没法让她动摇，我深知她和贝贝是好朋友，并且她也表示如果贝贝去读朝阳中学，她也去……

我被全家人的这种气氛所感染，我不断地劝说贝贝："只要你和元洁说你报了朝阳中学了，元洁也一定会报名的！"

贝贝在我的劝说下终于同意了，就这样，我们把女儿送进了这所中学，并且在暑假按条件让她玩了个舒舒服服的假期……

女儿像一只粉色的蝴蝶飞进了百花园，她幸福地拍动着翅膀，并没有意识到在阳光之后会有一场特大的风暴，更没有想到那暴雨可能会折断她那多彩的翅膀……

第五节　住在网友家中

　　暑假到了，我们按当初的承诺一一兑现，给元洁买了崭新的自行车。元洁直接跨上自行车，歪歪扭扭地坐在座椅上，扭曲着身躯，章腾扶着她，旁边的保安一直建议不能这样扶，应该让她自己骑。仅一个多小时后，章腾便累得气喘吁吁。次日中午，当元洁跨上自行车后，就能自由自在地骑行于小区里了。收到单反照相机，她开始操作，几乎沉迷其中。过了几天，我便带她去四川看网友肖叶，老公送我们前往机场时，女儿把肖叶的电话给弄丢了，连她的地址也没有记下，只有一个可联系的QQ，元洁把登机时间发了过去，我们在飞机将起飞时，关上了手机……我的心悬在半空中……

　　当飞机抵达成都时，元洁终于在QQ上和肖叶联系上了，当一个声音"YY"跃入我的耳帘时，我看到了一个打扮入时，一头金色的短发、浓妆艳丽、假睫毛、迷你短裙、高跟皮鞋、二十出头的姑娘款款而来，身边站着一个面无表情、清淡装扮、朴素、穿着拖鞋的小姑娘茉莉。

　　我当时可谓大跌眼镜，肖叶叫了辆的士，我们很快地交流着各种话题，我颇有感触："人活着都是不容易的，孩子也一样。"

　　肖叶感叹道："要是我妈像你这样就好了。"

　　车子载着我们很快就到了肖叶家，元洁拿着照相机不停地拍照，一只小花猫正在追赶翩翩起舞的蝴蝶，随后，又顺着台阶往上蹿，元洁不停地追赶着，一刻也不消停，小花猫打翻了花盆，元洁踢翻了水桶，小花猫从窗台上跳出去，肖叶掏出了钥匙带元洁一起去追小花猫，一直追到顶楼，我们几乎来到了仙境中，这儿绝对是世外桃源……

　　鸟鸣声此起彼伏，一群群鸟儿轻快地跳着，我仿佛置身于桃花源中，登上楼顶，桃树、李树、四季豆、葱、地瓜藤……这世间竟有如此美景……

这时，我才渐渐地明白过来：肖叶住的是顶楼，而这顶楼竟然是整整三层的楼中楼，她的舅舅很懂得种树养花，到处收拾得井井有条，百花盛开，吸引着蜂蝶翩翩起舞……

肖叶不住地呼唤着小花猫："雪儿，雪儿……"

被元洁追赶的猫内心的兽性逐渐被唤醒，混杂着都市的气息。雪儿爱摆Pose，甚至喜欢微笑。

肖叶热情地邀请我们上街吃午饭，并且带我们到洛带游玩。回到家里，肖叶和丽丽两人在整理一间屋子，那屋子脏乱差，非常的不堪入目，烟蒂、酒瓶、瓜果垃圾……她不让我看，把我直接推到大厅去……

天黑时，我带着征求的口吻问她："肖叶，这附近哪儿有宾馆？"

"不用去住宾馆，就睡在这儿。"她把她住的房间留给了元洁和我，她俩住那间闲置了许久的杂物间，回味着她们的忙忙碌碌，心里阵阵温暖，同时感慨万分：换我无论如何是做不到的呀！把自己的屋子让给从未谋面的网友住，而自己却住脏乱差的小屋子……

元洁的心似乎被雪儿勾去了，她只要有空，便拿着相机接近雪儿，雪儿猛地蹿到我的脚边，或者钻到桌子底下。有时，它会突然四脚朝天，在地上打滚，可能是因为后背瘙痒，也可能只是心血来潮，随心所欲。

元洁心里很着急，但又舍不得放弃任何拍照的机会，雪儿不会配合拍照，它偶尔也会搔首弄姿。这和人类摆Pose完全不同——它的一举一动都显得那么自然，它的天然本性是娇媚的姿势。元洁不停地迅速按下快门，捕捉其瞬间的妖娆。

雪儿自由散漫，飘忽不定，常常消失得叫人摸不着头脑，出现得又不可思议……

次日一早，元洁便四处寻找雪儿，想尽一切办法去抱雪儿，雪儿不是蹬腿就是乱扭脖子，一副誓死抵抗的姿态，它大叫着亮出尖利的爪子威胁元洁，元洁吓得连忙放下雪儿，又紧紧地跟着雪儿，她开心地观察雪儿的一切，时间飞逝而去。九点多，肖叶和茉莉两人才起床，肖叶抹口红、画眼线、涂眼影、安假睫毛、戴发套、穿短裙、安假发……

房间里有个烟灰缸，有两小截烟头……

直到十二点多，肖叶才提出去玩。

晚上，肖叶和茉莉去玩，元洁舍不得离开雪儿。我独自到超市购物，心想：出来玩一趟不容易，肖叶让我住她家，省了不少钱，我得多买一些日用品，当我离去时，她用这些东西时也会有温馨感……

　　我几乎把肖叶的家当作自己的家，扫地、做饭、煮菜、上超市……

　　连续三天肖叶都陪着我们去玩。我倒希望她去上班，我们大老远地赶到这儿，我自然希望能多见识一些、多走走、多看看，元洁的心里除了雪儿便只有肖叶，她像肖叶的尾巴似的紧紧地贴着她……

　　肖叶和茉莉在烟灰缸中未燃尽的烟蒂，她们晚饭后的外出，左肩胛骨上的图腾刺青，脸上不停地抹着烟熏妆，茉莉捡肖叶扔掉的假睫毛，在旅游景点，肖叶让路旁的人帮她画速描时那矫情地噘着嘴唇引来的喧哗和哄笑，在街上与她们打招呼的花枝招展的女友们……让我暗暗感到不安……

　　肖叶的才华还是深深地吸引我的，尤其是她购物挑选衣服的老练及搭配的妥帖亮丽让我发自内心地佩服，更重要的是她的文学才华不仅吸引元洁，同时也吸引了我，我满屋子寻找她的书——在她家的各种杂志上总能看到她投稿的文章……

　　出门时晴空万里，等我们到锦里时雨下得渐渐沥沥，元洁口渴想买矿泉水，而且这些天东西也渐渐地多了，我希望能买个大麻袋装东西，我到一家卖鱼片的店铺问：

　　"有矿泉水吗？"

　　"你懂不懂？"

　　当然懂，我不懂怎么要买呢？我心想，便没有吱声。

　　"你懂不懂？"他又问了一句。

　　当他问第三遍时，我终于明白了，他问的是："你冻不冻？"他的意思是要冷冻的还是没冷冻的。

　　"不冻。"望着面前一包包瓜子、糖果，我随即问道，"有伞卖吗？"

　　"我们都是包装的，没有散卖。"

　　"有麻袋卖吗？"

　　"有。"他马上递了一个像书本大小的小布袋。

　　"这哪是麻袋？"

　　"这图上不是画一匹马吗？你不是要有马的袋子吗？"

　　母女俩暗自笑了好几回……

　　当我和肖叶天花乱坠地聊着文学上的作家及作品时，我低声问元洁："你崇拜的作家是谁？"

"就是她呀！"我此刻才明白元洁因迷恋肖叶的作品，也因为与肖叶的互动从而与她心心相印，这便是元洁费尽心机渴望来四川的原因，在众人的眼里网络本就是个让人迷乱之所，何况千里迢迢地赶去看网友更是大家所不能接受的……

元洁特地买了衬衫让肖叶签名，肖叶知道元洁特别喜欢她的一切，特地陪元洁买了两套衣服，同时还买了一件衣服送给元洁……

肖叶也帮我挑了一件与她相仿的长裙，回家时聊到我的长裙很漂亮，我倒觉得她的更迷人，她便和我换，元洁万分渴望肖叶穿过的衣服，回到家，便问我："妈妈，我很喜欢你这裙子。"

"你想要，给你吧。"

"妈妈，你真好！"

女儿在我的脸上响亮地亲了一口。"啪"！

做妈妈的养了孩子十几年，孩子并没有感受到太多的亲和爱，而她喜欢的明星的一件旧衣服却令她迷恋万分，这便是人心底最自然的天性！身为妈妈，我知道孩子在成长的每一个阶段必然会有令他痴迷的偶像，这种痴迷得越深，孩子越能从对方那里汲取到滋养！这与我长期的思想教育是分不开的，我无数次教育她："只要对方有滋养就尽可能去付出，千万不要去计较！比如你迷上了画画，而他是个画家，你不断地买礼物送给画家，他并没有回你的礼，你在自己能力许可下，继续送，纵使他啥也不能给你，你都是最大的收获者，因为你从他身上汲取了滋养，你学会了画画。"这便是我的教育理念！正因为这些独特的理念，成就了我的作家之梦，也将它传授给女儿，女儿在人生之路上将越走越宽阔……

第六节 车 祸

当我刚来福州时，二环路还很偏僻。可如今，车辆越发增多，三环路已开始拥堵了。这天早上，天还没亮，当我看时间时，已经不早了。我匆匆忙忙地开门叫女儿："六点四十了，来不及了，赶快起床，叫老爸送你！"

一家三口争分夺秒地洗漱，带上牛奶和面包，六点五十七分小车出发了，"你要去哪儿？送女儿上学！"我忙纠正章腾。

随着章腾一声"哦"他忙右转弯，随后章腾又解释了句："那边也能走！"车子行进到了琴亭高架桥的下方。

女儿问道："妈妈，那条路不也能到这儿？"

"当然可以，但你爸分明是想去上班了，两边路都能到这儿，那条路有公交车站，并且路上又挤，他怎么可能想从那边走呢？"

紧接着，我们的车上了三环路，只要送女儿上学，我们必定到闽侯一趟，尽管路远了许多，但红绿灯少，且路面宽敞，虽走了更多的路，也省了不少的时间，时间便是金钱，时间便是生命，对于我们这些在城市里奔波的人抢时间犹如上战场……

章腾在一个路口遇红灯停了下来，当它转为绿灯时，章腾打了左转的方向灯，渴望过去，但直行的路上来了两辆小车，它们像赛跑运动员似的勇往直前，章腾刹住了车。这两辆小车走后，章腾便决定左转弯，在左前方有一辆车直行，但离我们有一段距离，章腾便快速地左转弯，我眼见对方的车速极快，对方根本就没考虑到我们的车会左转弯，连忙刹车，但车的惯性仍不断地向前，车速根本没法降下来，只听到一声"咣当"，他的车撞到了我们的车，车子的后1/3处被他的车撞了，章腾只得刹车停了下来。女儿背着书包下车时愣愣地站在一旁，我拖着女儿往她学校的方向跑，没多久，两个人便气喘吁吁了，在不远处见到一个的士司机，我忙径直冲了过去。

"我要吃早餐！"他冲我解释道。

"师傅，你能不能帮我送一下，孩子上学来不及了！"我忙掏出一张二十元塞入他的手心，他收款后，即刻把女儿送往学校，在女儿下车时，他找了十元零钱给女儿。

当晚，我煎了牛肉，炒了些花菜和女儿一起吃晚饭，女儿问我车祸的处理过程时，我告诉女儿："警察来后，认为双方各负一半的责任，自己负责自己的！我们的车虽然不严重，但我们那辆车贵，所以修车费得一千九百元，他那车虽然车头的部分撞飞了一些东西，但因整辆车便宜，所以只需修车费得一千一百元。"

女儿张开小嘴，咬了一口牛肉，缓慢地蠕动两腮，一声不响地慢慢品味，细细咀嚼，伸出舌尖仔细地舔着嘴唇，她看上去总是心不在焉，优哉游哉，事实上，她的心里隐藏着一种精神放松状态下的被动的紧迫感，她的大脑在飞速运转着，她侧着身子对着我说："他的车撞到我们的车，应该是他的错！"

我耐心地对女儿说："你爸也不对，尽管那个人的车撞到了我们的侧面，前面的直行路口已经过了两辆车，你爸应该等他们都走了，下一趟绿灯亮后再开，可他等不及，这样也好，他以后就会更小心，人活着就得经常打打小仗！"

女儿睁着清纯的大眼睛，耐心地倾听我的话语，疑惑地歪了歪脑袋，继而恍然大悟，点了点头。我又继续和她交流："我觉得这件事也有很大的好处。更重要的是当发生这一切时，你第一件事便是停下来看你爸爸，妈妈拖着你跑步往学校的方向去，等把你送上的士；我又转回去，找你爸要钥匙，然后，我坐的士赶去开店门，妈妈希望你以后遇到事情知道该怎么做，啥轻啥重，人的一生随时可能发生各种各样的事情，我们不要怕遇到事情，我们随时要有处理事情的能力，我觉得这才是最重要的，这也算是你的一大收获！

"其实，很多美好的事物，乍看时甚至是错误的，回想后才觉得趣味无穷，今天的终点可能是明天的起点，人生就是这样不断成长的。我觉得自己的人生处处隐藏着惊喜，看似不经意，却又妙得很。

"人活在世上，生命是最可贵的，其他一切都是无足轻重的！人生便是过山过水，走过去了，一切都淡然了。"

元洁懂事地点了点头，回屋看书去了。

游泳池里传来青蛙呱呱呱的叫声，仿佛在对我说："你说得太好了！"白玉兰也喷出香味儿在不住地点赞。

第七节　和女儿一起读书

　　樱花渐渐地谢了，桃花开始盛开，琴亭湖畔的那几株桃花姹紫嫣红，远远望去，好像朝霞跑到地面上来了。桃花散发出的阵阵清香，沁人心脾，钻入你的鼻孔，扑进你的心里，馋得你大口大口地吸气。粉得如蝶的桃花更迷人了。远看，就像一个穿着芭蕾舞裙的小姑娘在阳光下跳舞。一阵微风吹来，它们又像千万个小精灵似的，你笑我唱，热闹极了，真让人眼花缭乱。我们夫妻俩手牵着手在琴亭湖边逛了半个时，然后像往常一样到单位上班，来求诊的病人不多，我便动手洗工作服，差不多八点半，高章腾用急切的声音催道："采唐，赶快去学校，元洁和班主任、段长吵起来了！现在在校长办公室！"

　　艳梅姐也催道："快去！快去！衣服扔在那儿，我来洗！"

　　我的头轰地便炸开了，天依旧那样蓝，太阳暖和地照耀着大地。我却心乱如麻，匆匆忙忙地骑着电动车赶往学校。四处都是汽车的嘈杂声，我失魂落魄地驾着电动车在公路上行驶，一声尖锐的喇叭声把我惊醒，我怎么骑到马路中间了？瞬间，浑身汗湿，挡汽车道了，我忙靠右行驶，心想：这孩子咋就这么不懂事呢？如果我被撞了，也许她就懂事了……

　　脑子里思绪纷乱……

　　终于到了校门口，两旁浓密的绿树挡住了视野，一座极其陡峭的山坡呈现于眼前，我徒步前行，心急火燎地往校长办公室赶去……

　　只见一个二十多岁的年轻女老师站在办公楼前方的操场上，正是元洁的班主任孔老师，她似乎在自言自语："没法管了！没法管了！"

　　我径直向她询问，她朝白楼指了指："在二楼！"

　　我奔向二楼，学生们正在操场上做操，统一的服装显得整齐有序，二楼的楼道显得破旧且有点儿昏暗，我冲到了校长办公室，几番周折，终于在会议室找到了我的女儿元洁，她的身旁站着一个中年男子，我轻声地问了她几句，她很简单地回答。我拍拍她的肩膀："你的话也不全错，但学校有校规，老师要管这么多的同学，学校要管这么多的孩子，你也换个角度考虑一下……"

"你的话全是错的，根本就没有一句是对的，你想一想。"中年男人训斥着她，又转过身对我说，"刚才我对她说前几天我还在大会上给你发奖状呢，她说又不是我向你要的，是你们自己要给我的……"

"她说她自己能安排生活，老爸老妈都不在了，她也能好好地活下去……"我想说这话的意思是孩子说话本有天真性，作为老师不必过于纠缠其间。想不到这句话激怒了女儿，"我是这么说的吗？"

我被她反驳得一时语塞。

那个男人指责道："你为什么会被人误解呢？这就是你平常的为人决定的嘛！你想一想。"那个男子即刻转过来对我说道，"我刚才对她说，你看你害得我都没时间改作业了，她竟说你改你的作业，和我有什么关系？"

"你是……"我带着探询的语气问道。

"我是段长，她前几天因头发太长被扣一分，班主任罚她扫地，她没当回事，理都不理……"

段长的埋怨让她泪如雨下，不住地抽泣。段长递了些纸巾给元洁擦拭泪水，女儿一边哽咽，一边吞吞吐吐地问道："那我被扣一分，班主任得被扣多少奖金呀？"

"没扣奖金，一分奖金都没扣。"段长的语调抬高八度，坚定地答道。

"你咋啥都不管，管什么老师的奖金。"我着急地埋怨道。

"我不信。"元洁圆睁着双眼。

"你不信，我去把财务科的科长叫来，你去问他。"

"我才不问呢。"元洁不屑的神情表露出纵使问也是白问。

我转过身对段长说："真是给您添麻烦了，您先去改作业吧，我一会儿叫您。"他又数落了几句才离开，他前脚一抬，我便走到女儿身旁，"都是妈妈害了你，我不该早早地用思想哺育你，都是我不好。老师叫你扫地，你就扫呗！"

"我才不要扫，你自己去扫。"

过了一会儿，段长走了进来："你是不是让她去锻炼一下？"

"那就去我店里上班吧。"

"好呀！"女儿一拎书包便决定跟我走。这时，校长把我叫进办公室，同时叫住一个年轻女老师："我们没出来，你千万不要离去，陪着她。"校长用眼光扫了一下元洁。

班主任把女儿的周记本递过来，只见女儿在日记本上写着："我以为这次半期考的作文会得满分，纵使不得满分，也该全班第一，我小学的作文都是班级第一的。"

另一篇上写着"我好像和段长很熟"。接着我才得知前些日子，段长便因日记找过元洁交谈。

"你女儿的日记上还有脏话，像'我靠'什么之类的。"

我没把这太当回事儿，段长严肃地说道："现在她不是学习问题，是思想问题。"

"既然是作业，交上来了就不要计较了。"校长劝道，"一个人天生是一张白纸，她怎么有这些思想的？"

"这孩子从小就给外婆带，我没时间，所以总觉得欠她太多，总是娇宠着她，惯着她，我把她带回去打工算了。她做怕了就会来的。"

"你这孩子如果真让她走，可能永远都不会来了。"班主任孔老师连忙劝阻。

"初中还是义务教育嘛，你做妈妈的还是有责任的，你有几个孩子？"校长态度温和，但不失其领导的身份，字字句句透着一股威慑力。

"就这么一个，他的爷爷临死前还是一个倔。她的小姑也这样，六年前的一天，我叫小姑去帮我接女儿，到了五点多，班主任把全班同学留下来，我的小姑执意要离开，她告诉老师我家有事，我就得走！保不准你们家会没个事，一抬腿便离开教室了，现在在我单位上班，还是那个倔脾气。"

"她在家里听谁的话？"校长和蔼地问。

"只听我一个人的话。"

"她爸爸呢？"

"没用。"

"长辈呢？"

"更不听。"

"那回去好好沟通沟通，今天就不用去上课了。"校长交代道，我带着女儿离开了学校。

我们用任何办法都没法说服女儿去上学，只要一听到"上学"这两个字，她便泪如雨下，这个让我们揪心的孩子。

她反复考虑之后，决定到我的店里打工。

"不行，你还没满十四岁，是童工，不能在这儿上班。"我拒绝了，我深知如果她真打算来打工，像孔老师说的那样，永远无法再回到学校。

"那怎么办？"她愁苦地问道。

全家人都一筹莫展，我的心都拧成一团乱麻，高章腾道了句："你去跳级呀，只要你学到了知识，有能力跳就跳呗。"

"真的可以跳级？"

"当然，跳级的人很多，人家十一岁就上大学了。"

她的心里又来了梦想，她像一只想飞向高空的蝴蝶，拍拍翅膀就能够飞翔。她并不知道她不是大雁，她只是一只小小的蝴蝶，是无法飞得很高的。

"如果真的要跳级，得在家里好好读书，周末就不能玩电脑，周五、周六、周日每天最多只能玩一个小时。"高章腾强调道。

她把嘴翘得高高的，能够挂得住三个油瓶，我连忙安慰道："周末每天玩两个小时吧。"

"怎么一下子又增加了一倍？"高章腾无可奈何地说。

"好吧，说干就干吧，你想做的事总能做得很好，我们去买书吧。"我对女儿鼓励道。

那两天，她的确很用心，不知疲倦，我甚至不忍心让她那么努力，她的乖巧是我从未见过的，偶尔她会用手指点着自己的脸蛋："你瞧，多可爱的孩子。"

在校长的"只要你能考上就行，我看没那么厉害"的话语下，她似乎发起了冲刺。

"再过一个多月就期末考试了，要想跳级的话得把初一的语、数、英全学了，初二上的这三科也全会了，最好再弄一些考前复习题来做。"我用心分析着。

"那你就天天陪着女儿吧。"章腾出谋献策。

那三天，是备战的三天，也是母女俩最最融洽的日子，从早到晚，我们都泡在书堆里。

"我们是否能让校长允许她插班到初二去听课，如果行的话，那就更好了，初一的数学全部都学完了，语文对于她来说不成问题，只是很多内容得背，毕竟是新知识，难就难在英语。"

"校长肯定不会同意的，你不信打电话问问？"

校长完全拒绝了，甚至说了句："你没来上课，根本就别想跳级，跳级也得老师推荐。"

这句话把孩子的梦想摧毁了，连我都感到前景迷茫，校长还说了句："如果实在不行的话，我帮你去跟铜盘中学交涉一下，看能不能转学？"

孩子的心里又升起了新的希望，我只好说："不管最后怎么样，你在家里就好好读吧。"

孩子被迫和我一起读书，心情十分纠结，我也感到沉甸甸的，可一聊到上学她便泪如雨下，就像坐牢似的。

心情可以纠结，但日子不可以不过，与其坐着咀嚼痛苦，不如拿起扫把来扫地。我深知每一天都不会是前一天的重复，每一天都有其本身的收获，成功的人最大的收获便是珍惜了当下，把握好命运的安排。天微蓝，云不动，我想尽一切办法陪伴女儿，挑选她喜欢学的知识，与她一起学习。她的花枝，紧挨着我的花枝；而我的花瓣，也触到了她的花瓣。

由于知识的不断更新，我对中学课程早也生疏了，我抽空翻看她的各科书本，以便自己能够与她携手同行。

我们母女俩不仅一起学语数英，还一起学习打球，甚至我也抽空翻看她喜欢的动漫书……

我深知当孩子对自己失望时，我们的教育已经失败了，即使他们暂时表现得很听话，那也是缘于压力，而不是爱。

幸运的是女儿对自己并没有失望，尽管她不想去上学，但她并没有放弃学习，我始终深信：人就是要活到老学到老。

第八节 无业游民

以往的寒暑假，我都任她随性随意地玩，只是晚上到十点多得上床睡觉。但现在是上学时间，我不能完全任她尽情玩耍，我不得不陪着她，希望能收住她那颗贪玩的心。我只有一个想法：把握好今天，能学多少算多少。

事实上，我的心一刻也无法安宁，女儿才十三岁，她除了看书写字，会做些什么呢？虽然，她有自己的淘宝网站，可毕竟那只是业余爱好，只做了一两笔生意，挣的钱都不够买盐巴。她在假期会背着相机和朋友们外出去游玩，可她大多是参与别人组织的活动。最多只是帮助提提包、撑撑伞或者打个光……她没有一技之长，她甚至连洗衣做饭都不会。这样的年龄到社会上去，怎么可能挣到钱？别说挣钱，这样的年龄连保护自己都难……

我的口中泛出无尽的酸苦味，甚至连骨头都浸泡在黄连中……

周五来了，阳光灿烂，天空中飘着几朵灰色的云朵，女儿用征求的口吻对我说："妈妈，我想去找小学同学冰冰。"

"可以呀，你早一点儿回来。"我答应道，随着她外出的关门声，泪水从我的眼眶溢了出来……

我不由得忆起在她十岁时，我带她去北京旅游的情景……

北京是个四四方方的大城市，东、南、西、北方向非常明确。那一趟旅游是艰辛的，真可谓吃的是猪食，睡的是囫囵觉，连续五天导游都把闹钟调到早上五点半，随着丁零零的闹钟一响，我们一跃而起，洗漱之后朝目的地冲去。从宾馆起身到旅游点都要花费两个多小时，到达目的地后，又得排上两三个小时的队伍。旅游便是从自己玩腻的地方到他人玩腻的地方去玩，这种旅游是不参加后悔，参加后更是后悔一辈子。有一天下午，女儿提出要上洗手间。导游去购门票，队伍排得很长，有几百号人在排队，导游说："再过二十分钟就能进去了。"

女儿没法忍那么久，因为她在这个下午，已经三次提出要找洗手间了。我便向周围的人询问就近的洗手间，北京人挺热情的，都很用心地为我们指路。当我问："会不会很远？"他们总说："不太远，你往这条路走，走到下一个路口，然后，右拐！"走了差不多十五分钟，我们仍没有找到洗手间，接到导游的电话："你们赶快回来，我们都进去了，在大门口就有洗手间，很方便。"

我忙带着女儿往回赶。直到这时，我才轻声地对女儿道了句："以后有活动，尽量跟着团队。你看，我们忙了半天，还不如跟着他们！"我的教育理念便是在适当的时候不要说教，得让她自己去感受。该摔的跤得让她自己摔倒，然后再爬起来。而不是非要扶着她走，不允许她摔倒。我觉得经历和磨炼就是一种财富，其实人如果没有经历过痛苦，就会怕它，不但难以养成积极进取的精神，反而会有逃避的态度。久而久之，人生也就很难获得成就。所以对一个人而言，挫折总是提醒人，某些地方疏忽了，必须运用理性、冷静分析，以作为参考与借鉴，能直面人生所不能忍受的挫折，并从中受益。因此，人生就是：吃必要的苦，耐必要的劳！对于任何人都是这样，在哪里摔倒就在哪里爬起来，这句话说起来容易做起来难！我渴望与大家一起探讨孩子成长路上的收获和感悟。

此刻女儿外出了，望着女儿屋里的一切，我感慨不已，她从一个肉眼看不见的东东长成少女，身高早已超过我了。她的屋子里有两个书架，堆满了各种书，墙壁上张贴着日本地图，衣柜里全都是日本女生穿的各种制服。她迷恋日本的动漫、寿司……她像块缺水的海绵，痴迷汲取其中的滋养。每一回，她提出要买那些服装，我也有条件地回应她："如果想买，春节的新衣服就不能买了。"我以为她会退缩，想不到的是她总是以放弃春节的新衣服为条件。我反复比较，我也在初二时，我竟是那么的无知，啥也不懂，别说地理历史，我整天只读老师要求的那几本书，从没有看课外书的习惯，也没有钱去购买课外书。在网络时代，大家都说任何东西都可以上网去查，但电脑怎么能代替人脑的思维呢？我渴望女儿能成为一个有思想的人，成为一个主宰自己命运的人，成为一个爱学习的人。当然，我所指的学习不全是指读课本，还包括处理日常事务的能力，以及各种操作技能。

女儿抱着小花猫雪儿的照片跃入我的眼帘，把我带回到前些日子的欢乐中……

女儿像一只猫，我不由得在内心深处呐喊着。猫是身心俱弱，不足为道的动物，没有龟那样的硬壳，没有鸟那样的翅膀，不能像鼹鼠那样钻进土里，不能像蜥蜴那样变色。世界对猫是残酷的，猫却对世界报以温柔。因此，世界越残酷，猫就越显得温柔，小花猫永远不忘自己的职责，它虽养尊处优，却仍能不断地捕捉老鼠。每一只猫都身怀绝技，每一个人都会发出属于自己的光。我不由得忆起这样一句话："每一个人都是刽子手，或扼杀美好的情感，或损毁可爱的物件，或打碎温柔的时光，这是件无可奈何的事，连最善良的人都不例外。"

女儿在灵魂深处是纯净的，我们成年人是刽子手吗？我深知炽烈的感情大抵都相同，但凡到达极致，便如同滚烫的水，送者伤手，收者伤心。在这样的时候，我必须用心携着女儿慢慢前行，不能着急，可我能不急吗？

晚上，天灰蒙蒙的，小区里传来清洁工打扫地板的唰唰声，女儿带着落寞的心情回来了："我先是去了三牧中学，可他们还未到统一的放学时间，我又不能进去，在外面等了一个多小时。一放学，一大堆人涌了出来，我没找到一个同学。然后，我又去了铜盘中学，太迟了，大家都放学了，我便回来了。"

望着她的失落，我轻描淡写地说了句："那好好吃饭吧，以后联系好了，再去找同学。"

我痛苦地挣扎着，表面上平平静静，内心却绞痛不已。半夜里，我在噩梦中尖叫着："女儿没书读了！女儿不上学了！"

家门口的理发店里帮我洗头发的那些十四五岁的小弟小妹，初中没毕业就出来打工。我曾以为这一切离我是那么的遥远，我以为这些与我毫不相干。可现在，我的女儿却怎么也不愿意踏进校园的大门。

我千方百计地劝说女儿去上学，高章腾自然也费尽心思，那一段日子里，发生了数起校车车祸事件，唯一令我安慰自己的便是女儿还平安，还活着，只要活着便有希望！

人生最重要的便是今天，其他的都遥不可及，我担心女儿荒废了学业，我尽自己的所能陪她背课本知识，学习数、理、化……

我们不能为了看不到的明天而牺牲今天。我认为人生只有一天，那便是今天。故而，女儿虽没去上学，但我用自己的知识陪伴着她成长，与她交流人生的得与失，告诉她："生活需要我们去适应，妈妈有时也很辛苦，人活着得先有一份养活自己的工作。然后，才可能朝着理想去飞奔……"

我在家的这些日子可苦了章腾，我落下的工作全得由他一个人去打理，偌大的店铺有许许多多的琐琐碎碎，他数次纠结地问："还要陪读多久？"我也很茫然……

第九节 贪玩是孩子的天性

女儿本应像一盆温室里的花朵，然而，她却全然像一棵野草，渴望长到无人理睬的沙漠上。我像个家庭妇女似的，抛弃了店里的一切，天天陪着女儿，不敢有丝毫的懈怠。女儿像风筝似的在天上飞，父母就是那一只紧紧抓住细绳的手，但我还是得应付一些工作上的事情。

"妈妈明天没空，卫生局要来检查，你可以睡个懒觉。"

女儿高呼道："好爽。"

我的脑海中又浮现出雪儿的神情。那时，元洁想尽一切办法去抱雪儿，雪儿不是蹬腿就是乱扭脖子，一副誓死抵抗的姿态，无论元洁怎么抚摩它、安慰它，都无法把它留在怀里，它甚至亮出尖利的爪子威胁元洁，元洁吓得连忙放下雪儿。

元洁，爸爸妈妈爱你闹腾的样子，也爱你耍酷的表情，可人生之路有很多的坑坑洼洼，得靠你自己去艰难前行。纵使像孙悟空那样的齐天大圣也要经历九九八十一难呀。

那天的检查工作非常顺利，一切结束后，我便往家的方向赶去。

大约十点，我接到元洁的电话："怎么了？"

元洁问道："你在哪儿呀？"

"我到家门口了。"

"那你回来再说吧。"

什么事？这孩子这么急着找我？

当我跨入家门时，元洁便说道："妈妈，我周一就去上课。"

"想好了？"

"嗯，我不做那些没意义的抄写作业。"

我连忙拨电话与校长进行沟通，他同意了。

"妈妈，我能不能这两天把上周没玩的电脑补一下？"

"今天是周四，要周五晚上才能玩呀。"

她�‌着嘴，心情沮丧地站在那儿。

我顿时心疼了，我担心如果阻止她的话，她会不会再次改变想法，连忙为自己找了个台阶："我问一下你爸？"

电话中传来高章腾"嘿嘿"的笑声。

"别笑得那么阴险。"女儿用责备的口吻娇嗔道。

我几乎用命令的口吻："你去帮妈妈买点菜吧。"

"你怎么不和我一起去？"

"我得做些事情。"

"什么事？"

"我的裤子脏了，得换一下，还有……"

"好吧，好吧，我帮你买什么菜？"

"肉买一些，青菜也买一些。"

"还要到市场里面买肉吗？"女儿问这句话是因为走进市场里的路完全像烂泥浆，那是一条非常小的巷子，没有下水道，家家户户都是直接把水往马路上泼，走到那儿犹如探险，不仅会弄脏鞋子，还常常会弄脏裤子甚至衣服。

"哦，不用，就在小区门口，你看到什么就买什么，猪肉、羊肉都可以。"

等女儿一出门，我忙开始整理网线。为了防止她上网，高章腾把线拔了。我看到最外面的一根，试了一下，不行，又试一根还是不行，打电话询问。孩子就快回来了，我急呀，终于搞清楚了。可怎么还是上不了网呢？来不及了，我索性关了电源，到时看她能不能登录，实在不行再说。我便关了机，却忘了关灯光，正在这时，女儿便回来了。她很快就上网了，玩得很开心，孩子的天性便是贪玩，学业是关键，但应该在玩乐中学到新知识才是最重要的，也是最开心的。

短短的一周，她的叛逆给我们带来了不少麻烦，可还是带来了许多有利的一面。那几天我不允许她做任何与学习无关的事情，在心情疲劳寂寞之际，母女俩一起打打羽毛球。以前不管用任何办法都叫不动她离开网络，现在终于感受到羽毛球的可爱。她也在无聊之际看了87频道的英语广播，里面播出了从三岁到成人的英语，尽管难易混杂，可我决定今后的吃饭改为在电视机前享受。而且周末的电脑关机时间由原来的十点半调到了十点，她也欣然接受。

正所谓，"塞翁失马、焉知祸福"，人生的精彩在于解决矛盾的过程，每个人的生活正如围城，拥有时并不珍惜，失去时便倍感可贵。生命的意义应是那源源不断的时间的赠予，尽管我们人人拥有的顶多就那么三万多天，可正是这一天一天的叠加才构成生命的全部。

刘心武说："不要指望麻雀会飞得很高。高处的天空，那是鹰的领地。麻雀如果摆正了自己的位置，它照样会过得很幸福！"我不知道别人是怎么处理这种事情的，起初我也劝孩子去学校，可我很快发现劝不动时，我便不劝了。我深知孩子处于严重的叛逆期。

叛逆是一种"长大了"的感觉，是一种强烈的自我表现欲，在思维形式上属于"求异思维"，是标新立异，希望引起别人注意的表现。逆反是成长的必然现象，是孩子个体意识和自我意识发展的结果。对此，我也是赞同的。当逆反成为一匹桀骜的野马的时候，随时可能卷走孩子柔弱的身躯！所以，在这样关键的时候，我们要以生命为首要前提，让孩子牢记生命才是此生最重要的，其他的可以慢慢调整。在这样的时候，如果孩子与周围产生严重冲突时，我们应该尽可能地站在孩子的角度去想问题。只要孩子不做坏事，不偷盗抢劫，不违法乱纪。至于孩子的一些坏脾气，完全可以慢慢调整，而不能过分严厉制止！太过会让孩子走入极端，抑或离家出走。

那时，我只渴望她悠着把日子过下去，能学多少学多少，不强求。身为妈妈，我最渴望的是孩子能平平安安地读完初中，顺顺利利地高中毕业。女儿的这一场叛逆期也是对我思想理念的一次重新塑造。事实上，女儿对我这一生的影响也是显著的，甚至是不可或缺的。

第十节　重返校园

新的一周来了，阳光灿烂，这是崭新的一天，我陪女儿重返校园。

从校门口到元洁的教室有三条路，一条是较长的陡坡，骑电动车是能比较轻松地上去的，倘若是骑自行车，便很难登上去，大多数的人会下来推车，只见有个体魄健壮的中年男子，吃力地蹬着自行车，他用的是最弯的S形，也唯有体魄健壮的他能蹬上这个陡坡。元洁低声对我说："那是我的体育老师。"另一条是比较长的缓坡，坡的两旁是最具榕城特色的榕树，没看到一个人。迎面扑来的是高高的几百级的台阶，学生们都从台阶往上走。我心想：这也许便是不同的人生之路，每一个人只选择一条路。女儿，你看，艳阳高照，你为何不选择一条平坦的路呢？你走的路为何满是荆棘？

每一个家长都有一种望子成龙、望女成凤的渴望！我也一样。然这段时间，我的思想起了翻天覆地的变化。女儿对学习的强烈抵触令我不断反思，我不能揠苗助长，我只渴望女儿能够平平安安地读完初中，只要她能安心地待在学校总比不去学校强，总比流浪到社会中好千倍万倍。下周就要半期考了，妈妈一个又一个地电话打来催我要监督女儿用心应付这一轮的考试，她并不知道女儿在学校发生这么一大堆的事情，如果知道的话，妈妈的天肯定得塌，向她保密也是我的一份重要工作，我怎么觉得自己很像一个特务？这时，唯一让我担心的只有一科英语——从没见过她读过一个单词或者课文，因为她不感兴趣，只要一提到英语，她总是回避："妈妈，就不要让我痛苦了吧。"

"那半期考前我陪你读。"

母女俩经过讨价还价，她终于接受这十天每天读十五分钟，当我得知她开学至今英语一直都有八十多分，不是太担忧，寸有所长，尺有所短，任何一个人都不可能做到面面俱到的。

这天晚上，我们母女俩读完十五分钟英语便没事做了，我问她："你的语文读得如何？"

"不熟嘛。"

"我们一起读读怎么样？"

"你总是这样，到时又我一个人读。"

"妈妈本身也对文学感兴趣，我也陪你读一会儿。"

"书在学校里。"

"你上学期不是想早点离开学校，渴望跳级时买有吗？"

她无奈地找到了书本，当她背完《伤仲永》后，不是太熟悉，我开始读，好久没接触，读了几个错别字，两人便聊了起来。

"天才还是有的，历史上较出名的比如高斯，十一岁上大学，十七岁成为数学家，他发育得比较快。我印象中肖邦从六岁时开始学习钢琴，在七岁时写了《波兰舞曲》，八岁登台演出，他之所以成为天才是因为他的父母一直教他姐姐弹钢琴，他在旁边看得很熟了，所以很快就显出天赋。这篇是古文，古文不仅仅需要我们来学，今后世界各国的人都要学，我们不仅要学其中的内容，而且还要知道它的历史背景，人生出来怎么可能不学自通呢？"

她很感动，眼眶湿润了，尽力不作声，悄悄地拿纸巾擦拭……

"所以每个孩子的培养方向不同，很多人都认为学生时代才需要学习，其实人就得活到老，学到老。像你奶奶不会用微波炉，来这儿后学会了，这也是学习。学习不是非要学文学或者某专业，人活着就该学到死的那一刻，如果觉得自己明天会死，今天便不学习了，坐在那儿等死，可明天又没死呢？"

她忍不住哈哈大笑……

当她背到《木兰诗》时，她感叹道："这文章我总会很自然地背错了，唧唧复唧唧，木兰生小鸡……"

"你重读一遍，怎么这么有趣？"

"你上网百度一下就找到了。"

尽管女儿的课文背得熟悉程度仅百分之八九十，但我很惊讶："从没看到你读书，你怎么背下来的？在学校的早读课吗？"

"早读课也背一些，更重要的是小测之前，匆匆忙忙地背一下。"

接着，她向我讲述了一则故事，我如坠云里雾里，不知所云，还是让她讲述完毕。结束后，我对她说："你的故事讲完了，也是完整的故事，可妈妈听得很吃力，你是否发觉你故事中连个主人公的名字都没有？"

"不熟悉的故事，怎么可能记得人物的名字？"

"你可以安个名字，张三、李四、王五，而不是这个人，那个人，人家会听糊涂了的。"

"那好吧。"她无奈地叹了口气。

"还有，你讲述了这么久，却没有好的词句，我最近看霍达写的小说，她习惯于在书写出来之前就把书中的故事讲给朋友们听，朋友们常常听得如痴如醉，泪流满面，为什么？灵感便是平时积累，临时而发呀，所以你平时就要培养这方面的能力。

"我们可以尽量要求自己，如果你长大以后，成为领导或者一个普通的工作人员，你不用拿着演讲稿，给人的感觉是什么样的呢？所以妈妈在单位给那些老年人讲课时，从不拿稿纸，偶尔有点幻灯片，大多数用自己的经验和他们交流……昨天，有几个病号在店里与我聊天时，很惊讶地问我：我不相信你的语文成绩不好，你的条理如此清晰，词汇这么丰富，怎么可能语文成绩不好？我笑了，心想：自从我打算写书之后，我已经学习十几年了……所以学习是一辈子的事，而不仅仅是学生的事，妈妈小时候只读课本，基本没看课外书，你的基础非常好，你比我这辈子看的书还多，你说呢？"

她自信地点了点头……

"你能自己有思想，用头脑去想问题，这不是坏事。"

"现今高科技的东西很多，电脑、电视及各种媒体让你们见多识广，我们那个年代啥也没有。你觉得你每天都没学多少知识，前一阵子你在家时，叫你强背课文，你不是背得很吃力吗？你每天在学校里学一些，不知不觉就积累了许多知识。所以我不要求你考得多好，但我清楚一个孩子顺顺当当地从初中读到高中，然后读大学跟一个纵使全班第一名的孩子，突然不读书了，几年下来差距就太大了，你说呢？"

她微微点头表示赞同……

当高章腾回家时，我和他聊到今晚母女的交流："想当初，我尽心尽力背课本都背不下来，这孩子竟利用早读课也基本上把课本都背好了。"高章腾感叹道："该她玩，没话说。"

这孩子是我们教育出来的，其实周一到周四她深知我不允许她摸电脑，她总是早早地做完作业后，便开始看小说。我常常引导她看世界名著，但她并不听从，我便顺其自然，且不断对她给予鼓励。我记得她十岁时写一篇作文《中秋》，她告诉我没灵感，不肯应付了事，我特地陪她去了小作坊，买月饼，看师傅做月饼，回家后她灵感来了，全文分四段，总括一段，后来的三段是分述：中秋是团聚的，中秋是忙碌的，中秋是孤独的……

当我看完她的作文，不由得感叹：这哪是一个十岁孩子的作品，她的文学才华及灵感早就超出了我的思想……

第十一节　照顾爷爷

　　随着章腾医学知识的丰富、任劳任怨的服务、我的用心配合，生意红红火火地兴旺起来，我们总算还清了银行贷款。当我叹出"总算没有债务了"时，我的公公高洪金便因不明情况的高热、腹痛到县城抽血化验，得知患了慢性粒细胞性白血病，便到协和医院诊治，在主任们的指导下，长期服用格列卫。在我们的细心照料下，倒也平平安安地度过了十几个月。

　　意想不到的是公公的病情转瞬间急剧恶化，突转为慢性粒细胞性白血病急变，上厕所时便血、血尿、牙龈出血……面色苍白，甚至昏厥……我们全家人都主动自觉地抽空照顾他。

　　大家都知道公公的病情很严重，来探望的亲人们络绎不绝，每每会送一些东西，同时，会竖着拇指发一些感慨："你的儿子、媳妇、女儿、女婿都很孝顺呀！"

　　我的新房恰恰是三房一厅，公公婆婆睡中间的屋子，恰恰与大厅相连，小婶原计划睡大厅，房子的左右各有一间卧室，大姑、小姑、元洁和乐乐睡一间，我和章腾睡自己的卧室，这样，只要婆婆招呼一下，小婶必是最先起身照顾的。当然，我们都只一墙之隔，听到后，也都能起床帮忙。

　　黑暗展开了墨色的天鹅绒，掩盖着地平线，无数星星正散发着灰暗的亮光，闪着磷色的光辉。在大地与苍穹衔接的模糊不清的地方，在黑夜中散布着城市的万家灯火……随着一盏又一盏灯光的熄灭，夜色越发地浓了……

　　元洁和她的堂姐乐乐被我们赶进屋子去睡觉，元洁用渴望的口吻对我说："妈妈，都是你们轮流照顾爷爷的，我和乐乐姐姐都没有份儿。"

　　"你们太小，长大了再照顾爷爷。"

　　"我们不小了，妈妈，我们比一下，我长得比你还高了。"元洁争执着。

　　女儿既然要求，就成全她们两姐妹，于是，我和章腾仍睡一间，小婶和大姑、小姑睡一间。她们两姐妹睡在大厅的沙发上。经过调整，我们各自进屋。

大约过了半个小时，婆婆开始嚷嚷，两个小姑娘倒也很快就起床了，婆婆叫她们帮助提尿桶，乐乐连忙侧着身子端尿桶，元洁看到婆婆把公公裤子的扣子解开，吓得"啊"的一声便奔跑离去，不知所措地奔到大厅，坐在沙发上，甚至快把头埋进沙发里，她又羞又怕……她的惊叫声把我们全部惊醒了。当然，只有一个十来岁的乐乐帮忙，婆婆显得有点儿吃力。婆婆只是解开公公的裤子，却没办法把裤子往下拉，尿液漏到了床沿。等小便结束，元洁一再问乐乐："姐姐，你怎么不怕？"

乐乐把头往另一侧偏转，道了句："就这样端着尿桶，不要去看呀！"

我们又重新进行调整，把两个小姑娘赶到屋里去睡。

……

元洁虽然没有照顾好爷爷，但孩子出自清纯的天真，渴望照顾老人的心意早已点亮了爱的天空，云彩似乎被风吹走了，星星眨着微笑的眼睛在冲着我们笑呢！

在元洁成长的过程中，我常常与她交流敬老的细节和夫妻之间生活的琐碎，我常常对她说："元洁，你爸爸不喜欢吃餐馆的饭菜，喜欢吃家里煮的米饭，你一定要学会煮饭炒菜。我知道你以后的工作肯定非常忙碌，妈妈不会要求你陪我们去公园散步。但如果我们病倒了，你一定要第一时间把我们送到医院。不能说陪父母一天失去多少钱！"

"你放心啦，妈妈，我肯定会照顾你们的。"

在元洁成长的过程中，我照顾父母或公婆，在节假日陪伴长辈，给他们零花钱，带他们一起去医院看病……所有的点点滴滴，我都会和元洁交流，好像她是我的财务部部长。我尽可能地让她明白一个人如果爱老公就应该好好地爱老公的父母，只有这样，家才会温暖幸福！家庭便是一个小小的公司，经营好家庭才是人生最大的成功！

第十二节　夫妻是最亲的

　　女儿今年乖巧了许多，不再那么倔强，也能尽早回家。晚饭后总要陪我一起去散步，我们穿过家门口喧闹的夜市，你瞧，到处灯火辉煌，彩灯高挂，霓虹灯的璀璨火光如满天繁星一闪一闪的，夜市上空用无数个小灯泡铺成一张网，把夜市照得灯火通明。当你举头向上望，就像是走在璀璨的银河下。火红的灯笼，来往的人流，奔驰的车辆，汇成一幅多姿多彩的夜景画。在皮包摊位处堆放着各种皮包，录音机里播放着："王八蛋老板黄鹤，欠债3.5个亿，原价都是100多元、200多元、300多元的钱包，现在统统20元。"我便笑着对女儿说："伊鸿说他很冤枉，黄鹤更冤，还天天被人骂。"

　　女儿忍不住笑出声来。

　　我继续与她分享："伊鸿的爸爸六年没拉二胡了，他说现在心情好了，生活的压力小了，把墙上挂的布满灰尘的二胡取下来擦拭干净，他的妻子爱唱歌，一个拉一个唱，你爸听说了竟回答可以去卖艺了，你爸脑袋里全是钱。"

　　"还有你这个妻子呀！"女儿把目光朝向我，用极其温柔的眼睛看着我。

　　"不是还有你吗？"

　　"妻子应该更重要。"

　　"这怎么能比？妻子、女儿都很重要。"我嘟囔着。

　　"如果我长大了，我认为老公比孩子重要！"

　　女儿的话像一块石子投进了我的心海中，荡漾起一阵阵涟漪，我用一种平静的口吻解释道："你这么想也是对的，其实当你二十五岁时，你有了男朋友或者说是有了老公。如果你能活到七十五岁的话，你和他相依相偎五十年。而孩子，生出来十多年后，他便有自己的生活，他便不再和你在一起了。所以相比之下，夫妻当然是最亲的。

　　"很多人做媳妇总会嫌公公婆婆偏心，我就从来不在意这些琐碎，嫁的是老公，只要老公对自己好，其他的事情都是小事。做人一定要宽容一些，心胸有多宽广，人生的舞台就会有多大。"

　　微风吹拂着面颊，感到有些凉爽。我们往回走时，夜市上的人已经渐渐地稀少了，我深知不管时光如何流逝，爱的天空总会更加亮丽。

　　在这个急功近利的社会里，人们总爱把挣钱当作成功，把考上名牌大学当作成功，把登上舞台当作成功，我认为真正的成功是不显山不露水，而是静静地享受生命的赠予，是珍爱生命赠予的点点滴滴！

　　我们总是教育孩子要感恩，要爱父母，但我总觉得在一个人的生命中，夫妻的爱才是最重要的，上苍造人的时候，就是因为单单有男人或者女人是不完整的，故而用阴阳互补来协调生命的不足，我很少在女儿面前说教，但我用一颗赤诚的爱心让她明白活在这世上，夫妻是最亲的！也许在我们的教育中，她过于早熟，但我觉得这比学习任何知识更重要！

第十三节 救救孩子

叛逆期的女儿令我万分纠结，但稻粱谋是首要的。我们不能因为她的困惑而停止人生的脚步，夫妻俩马不停蹄地忙碌于工作，偶有空闲我俩也会手牵手到森林公园或小区漫步，我深知此刻的女儿犹如一岁时的她，摔倒爬起，再摔倒再爬起。她就是一朵带刺的玫瑰。那段日子里，我常常会盯着玫瑰发呆。

那朵朵玫瑰绽放出各种不同的形态。有的含苞待放，像一位害羞的小姑娘；有的只开了个花骨朵，像个拇指姑娘在里面熟睡呢！有的刚刚绽放，散发出一阵又一阵淡雅的清香；有的长了一半，像一个小姑娘刚刚醒来，在伸着懒腰呢！有的绽放出甜美的笑脸，花朵就像是几只玲珑剔透的小花盘，金黄色的花蕊就像是一盘诱人的奶黄蛋卷，蛋卷旁有几滴晶莹剔透的小水珠……

一位中年妇女也被这些玫瑰花迷住了，左手拿个袋子，右手悄悄地采摘，随着一声尖锐的叫声，血溢了出来……

女儿便是一朵美丽的玫瑰，我要欣赏她就得接受她身上的刺。

我分明用心深深地爱着女儿，从她会走路的那一天起，我便不曾抱过她，就连女儿读幼儿园都由她自己挑选学校。我从不乱骂女儿，把她当作好朋友，像对待成年人一样地与她交流，我哪儿做得不对了？难道爱也有错？我想不通，我深知种瓜得瓜、种豆得豆，我到底做错了什么？

在痛苦得无以复加之时，我会在空闲时独自撑着油纸伞，迎着潇潇细雨，走在寂寥的小路上。黛青的瓦房，潮湿的石板路，古朴的旧物，深深的巷陌……

我收起油纸伞，满怀破碎的心在细雨中漫步，让雨水浇灌和浸泡肌肤。让我的心灵穿过时光的缝隙，去寻求女儿的成长足迹……

第十四节　不听话就要打

不要让孩子输在起跑线上——这句话把孩子们害惨了。在每一所学校的门口，站着密密麻麻的家长们，放学的铃声一响，孩子们背着沉重的书包出来了，一个又一个家长便争先恐后地去接孩子，长辈们送上牛奶或面包，主动把孩子们的书包背到背上，小孩便如小皇帝似的，就着牛奶配面包，大摇大摆地开始享受美食，而长辈们犹如牛马，一个又一个心甘情愿地扛着书包在一旁……我的女儿没有享受过这种待遇，她的学校就在家附近，从小学一年级起，她独自就能打理所有的一切。甚至有时放学回家，她打电话给我："妈妈，外公外婆不在家，我到同学家里做作业吃晚饭，你和外公外婆说一下。"

我常常反复对比孩子成长过程的每一步脚印，寻找其成功与失败的原因。

在女儿八周岁时，学校开设了英语这门功课，由于许多孩子都提前学习了，女儿英语这一科便显得有些薄弱，我妈妈急急忙忙地为女儿到九色鹿的英语培训班报了名，只读了两个多月元洁就有了想法。

"妈妈，明天就放假了，我不想去上英语课。"

当女儿说出这句话时，我看到妈妈一脸怒色。

"我不能同意你的这个决定，外婆会生气的。"我尽可能地压低声音。

躺在病床上的妈妈一听，便急了："英语很重要呀，一定要去上呀！"

女儿伸长了脖子，脸涨得通红："我就不去！"

我也着急了，拿着一根筷子，对她说："外婆生病着呢，你这孩子怎么这么不听话呢？"

"我就不去！"她把头一摇。

我拿着筷子在她的身旁比画了一下："你再不听话，我打下去了！"

女儿仍坚持她自己的观点，我妈妈急得两颊通红，呼吸也急促了："哪有这样宠孩子的？还不打下去！不听话就要打！"

望着妈妈沧桑疲惫的病容，她的腰椎压缩性骨折才两天，我能违逆她的心愿吗？

女儿也发狠了，伸出了小手掌等着我的筷子，我举起了筷子朝她的右手手掌心拍了下去，她没有哭也没有落泪，像一尊纹丝不动的雕塑。

女儿似乎理所当然地接受了这一筷子。然而，这一天，她没有理睬我，甚至回避我，有时还用白眼恶狠狠地瞪我。

傍晚，天边一片血红，女儿站在不远处，留下长长的影子，沐浴在余晖的晚霞中，晚风徐徐送来一阵阵花草的清香，本应令我心旷神怡，然而一种感伤从心底抽出、拉长，我走过去时，她便转身避开我。傍晚的云彩瞬息万变，眼前的云彩，刚刚还是满园盛开的鲜花，转眼间就变成了鸟语花香的森林；明明是一匹四蹄生风的骏马在奔腾，还没等我完全看清楚，它又变成了一条连绵起伏、曲折蜿蜒的长城……女儿，你为何变得这么快？难道时间能改变我们之间的母女之情吗？

我连忙拖住她的小手："元洁，妈妈错了，对不起，我不该打你！"她的泪涌了出来，我把她抱在怀里，生怕她离开我。

女儿牵着我的手到琴亭湖边散步："妈妈，你看，好多鱼！"鱼儿成群结队畅快地游着，有一些人手持钓竿在钓鱼……

一股温暖的气息在我们母女间传递，突然，电话响了，是章腾拨过来的："赶快回来，有个病号找你。"

最终，女儿宁可帮我们单位倒垃圾、做卫生，也不肯去学英语，这一次英语补课以中途停止告一段落。

这一次的纠纷以我恳求女儿原谅结束了，正是这种求饶滋长了女儿的个性，让她觉得我没有丝毫的权威，让她觉得我没有自己的人生立场？事实上，我从没有认为做妈妈的可以打骂孩子，我觉得母女是平等的，应该以理服人，而不是以权服人。

种瓜得瓜，种豆得瓜，这颗果是我自己种下的，我只能自己去品尝。

第十五节　迷恋生意经

女儿是父母的小棉袄。在女儿成长的过程中，我一直尽可能地了解她的点点滴滴。渐渐地，我对女儿的许多行为产生了兴趣。

女儿非常喜欢动漫图书，这十几年来，不仅买了三百多本，而且还不停地到动漫书屋借书，一次借二三十本，在元洁初三时，章腾亲自驾车带她去借书、还书并且预付押金。

走进女儿的屋子，只见到处都堆着东西，两个书架上没有一丝空隙，成套的《刀剑神域》《黑执事》《灼眼的夏娜》，零星的各种杂七杂八的动漫书，如《我兔斯基你》《爱与痛的边缘》《再见小王子》《大家的日语》等，除了书之外，精致的小皮包、手工制作的珠子、黄色的假发、串珠、假睫毛等更是装进一个又一个纸箱，有的索性暴露无遗地放在地板上或者床上，在衣柜中，套装、围巾、皮带、各种儿童玩偶更是令人目不暇接，门的后面也堆得严严实实，如刀、剑、雨伞……

整间屋子犹如一座小小的动漫城，墙上贴的，床上挂的到处都充满着动漫的气息。

曾经令她一度入迷的是全职高手，由于当时仅售十三本，她全部购到后便迫不及待地翻看完毕，紧接着是网购电子版的，紧跟作者的脚步，我得知后，对她说："元洁，你既然都已经看了电子版的作品，就不要再买纸质的了吧。"她自然同意了。这是一本什么样的书呢？令她深深沉迷？我便向她逐一借来，她要求我看书时要用上书签，舍不得书变皱或者被折。《全职高手》作者蝴蝶蓝，书的封面右上方写着："2013中文年度小说起点中文网点击破2000万"，书的正中书写着"放逐斗神"，这四个字的下方有几行像诗歌似的小字："钩心斗角之后，谁夺走了我的荣耀。风雨飘摇，希望却不曾破灭。花团锦簇，没有迷失方向。万众瞩目……"

我细细地翻看这部作品，该小说讲述了网游顶尖高手叶修，遭到俱乐部的驱逐，最后在荣耀新开的第十区重新投入了游戏，重返巅峰之路的故事。我被它深深地吸引了，有一天，女儿的朋友得知我在看《全职高手》，道了句："好羡慕你，有这么好的妈妈。"

"我看了十三章。"

女儿接口道："我妈看了十三本。"

每一本差不多三十章。

后来，我得知整部作品有一千七百多章，我还有许多事情没有做，我需要写自己的作品，与一群贫困孩子一起携手共进，我的稻粱谋更是重中之重……我权衡许久，终于放弃。

那些日子，女儿疯了似的迷恋着《全职高手》，买作品中的各种衍生物，比如挂在墙上的图片、挂件、明信片……

这部作品没有爱情线，即使是最像男女朋友的叶修和苏沐橙，作者只写到同吃一碗泡面。这一幕被粉丝们津津乐道——也仅限于津津乐道而已。这部作品的衍生内容特别多。叶修和苏沐橙，叶修和陈果，叶修和苏沐秋，叶修和韩文清，黄少天和喻文州，韩文清和张新杰，周泽楷和孙翔，肖时钦和戴妍琦……粉丝们替蝴蝶蓝想到了各种各样的冷热CP……

元洁喜欢拍照，我买的相应型号不入她眼，她在考上初中时便买了第一架单反机。在业余时间元洁会花上两三个小时专心致志地打开电脑听摄影课程，而且也利用业余时间拍了不少的照片，同时还获得了全市组织的摄影活动的鼓励奖，这令我深感欣慰。故而，当她要求换一架新的照相机时，我们夫妻俩都同意了。

在她喜欢的各种爱好中，我也有一些意想不到的收获。当987广播中提到了一个学生在会展中心出售商品的事情时，我便问她："你那个朋友在漫展收了六张假钞，那不是亏本了？"

"她还是挣了一千多元，她购了三千元的货，本来指望能卖一万元的，可后来没卖掉，只好降价卖，本来能挣两千元的，可惜收了六张假钞。"

"那你怎么没想做这样的生意？"我竟然脱口而出。

"我打算9月7日去卖。"

章腾连忙阻止："开学了，就免了吧。"

"那天是周末。"女儿据理力争。

"在海峡会展中心的摊位费很贵的。"我强调了一句。

章腾补充道："一个摊位几万元呢！"

女儿很认真地回答道："我又不要租那么大，我租一个小的，不可能要那么多钱的。"

……

妈妈不停地赶到新华书店买各种书及学习机，渴望我的女儿考个重点高中，将来考上一本！

我夹在中间，犹如一个受气包，怎么办？该如何处理我的人生困惑？

我反复考虑：孩子的这些想法也不全是错的，我们读书的目的到底是为什么？为了读书而读书？事实上，我们绝大部分的人读书的目的是为了挣钱，完全像陈景润那样沉醉于书中的人毕竟是少数人！

既然是为了挣钱，那就得进入社会大学，孩子的这些想法是为了早日进入社会大学，我们清华北大的确培养了一些高精尖人才。极少数的人能进入北大清华，但每一个人都离不开社会大学！

我并没有用钱哺育孩子，女儿却对钱有着本能的痴迷！我不知应支持她还是反对她？或者是保持沉默，让她自己决定？让她自己决定便是在默默地支持她……

事实上，她在做整件事的过程中也是学习的过程，我们为什么总要把怀抱书本、通过某个资格考试或者取得某种证件当作学习，而把操作的过程排除于学习之外？

记得心寒一向不爱读书学习，但他喜欢各种电器，电脑出了问题，专业工程师解决不了的，他总能用自己的方法把它处理得完美无缺。他也能解决彩电、冰箱等电器的故障，难道他不是一直在学习吗？

女儿天生就是做生意的料，在她六岁时，有一次，她问我们："你们做什么生意？刚才那个人少挣了十元钱，这个人又少赚了三元？"

我被她逗笑了："那药是八元钱进的，我们卖十元一盒，他要买十盒，要求便宜一些。如果我们不降价，他就不买了，所以虽然便宜一元，我们还是挣了十元。"

"真的吗？"

"当然是真的。"

女儿从小就特别喜欢交友，记得她八岁那年的中秋，当妈妈打算把一盒包装讲究的月饼送给朋友时，她拦住了大门："外婆，我要把这盒饼送给张老师。"

妈妈慌忙打电话给我，我笑着："她会这么想说明很适合社会发展呀，随她吧！"

"我已经跟阿芳说好了，要去她家，怎么办？"

我忙向女儿解释："妈妈过两天拿饼回去给你，今天外婆和朋友说好了，你就让外婆先拿去，好吗？乖！"

自从上初一，她就开始渴望上网买东西销售，我历来和她执行AA制，学校交的钱都由我出，穿衣服、购书的钱由我出，其他的钱她自己想办法挣，比如：同学的生日礼物、和朋友去看电影、和同学一起吃肯德基……一个孩子哪儿去挣钱呢？洗碗、晒衣服、拖地板都是挣钱的机会，只要她愿意，天天能挣。

起先，她向我借钱网购，我告诉她："借钱可以，有借有还，再借不难，你得还我。"

"那当然，我如果一点一点去网购，那都得零售价，所以一次得买三百元才能弄到批发价，购一次后，以后纵使买一件产品也能得到批发价。"

"如果你还不了，就得去我店里打工，或者做家务还我。"

她就这么折腾着，进货出货，把货卖给朋友，她的货比市场价便宜，同学们喜欢买，而她采购的是批发价，所以挣了些钱。

第二天她就要去海峡会展中心搞展销了，这一次进货花了三千多元，仅摊位一天就得三百多元。

我倒要瞧瞧，她是怎么折腾的。

女儿的兴趣非常广泛，虽没有现在人们疯迷的弹钢琴、弹电子琴、游泳等专长，但她在每一段人生历程中都有一段痴迷的爱好和兴趣。当她五岁时，她的理想是当个画家；当她十岁时，她的理想是当个编辑；这两三年来，她一直迷恋着动漫，也许在许多人的眼中这全然是不务正业，但我不觉得，我觉得人生总是永远没有终结和完满，任何一张动漫画都是创作者的结晶。一个真正有成就的人一定有与众不同之处，那就是痴迷！

痴迷令女儿每一天都在快速成长，都在不断地充实自己。日本的动漫更是令女儿沉迷不已，她对我说："妈妈，不管地理还是历史，只要是关于日本的，我都能全对！"

目前许多家长都担心孩子输在起跑线上，对孩子进行各种补课，都渴望把一生所有的积蓄继承给子女。他们不懂得培养孩子的独立性，总是担心孩子吃不饱、穿不暖。事实上，孩子的成长要靠他们自己，我们不能承包。

我对女儿说："宝贝，大家都说我是个没心没肺的妈妈，啥也不管。我认为我不仅要关心你的现在，更要关心你的将来，我担心你到八十岁时会孤独，我得为你的老年时期做准备工作。所以，我得想办法让你的儿女孝顺你。要做到这一点，就得让你从小知道孝顺爸爸妈妈，只有这样，你的儿女才会以你为榜样，他们才会孝顺你。"

榜样的力量是无穷的，身教永远超过言传！女儿是个财迷，但她深知钱得靠自己去挣而不是从父母那儿索取！授之以鱼，不如授之以渔！

第十六节　奖状扔进垃圾桶

当章腾的小车开到店门口时，四面八方的人便朝我们涌了过来，一个骑电动车的人停下来，好奇地问："这里要干什么？"

一个满头白发的老头大声嚷嚷："看病！"

店门一开，一群病人便拥进了大厅，有测血糖、量血压的、买药的、看病的、外伤需要包扎的，把一个大厅围得水泄不通，一个妈妈带着孩子来看病："医生，先帮我小孩子看一下，他要上学。"

"今天不是周末吗？"

"调课了，你不知道吗？今天上课，周日、周一、周二放假。"我连忙拨电话给女儿，催她去上课，她竟焦虑地答道："我的作业还没做。"

"你关了电脑，把作业做了，下午去上课，我帮你请半天假。"

傍晚，女儿回到家，我与她吃过晚饭，便一同外出散步，这是一天中最美的时光，母女俩可以尽情地交流。

"每个人都既有神的一面也有魔的一面，好人有时也会做坏事，坏人有时也会做好事。"

"那雷锋叔叔做过坏事吗？"

"当然，电影里不是演雷锋叔叔送一个孩子和妈妈回二十多里以外的家吗？他不是没法准时回部队吗？你说归队迟到是对还是错？"

"当然是错的。"

"圣人都会犯错误，更何况常人！如果你上学的路上看到别人需要帮忙时，你是去帮她还是先去上学？这就得有所取舍。"

"哦。"

"我就好心做过坏事，不止一件。在我读中专时，生理老师叫我们下星期一上午上市场买田鸡，把田鸡的心脏取出来做实验，我和班上两个女同学决定自己去抓青蛙以节省班费，后来青蛙的心脏太小了。我们班那节实验课彻底失败了，生理老师很生气。"

说到这儿，我忍不住笑了起来，女儿被我感染得也笑了。

"元洁，你的头发太长了，妈妈明天陪你去剪头发。"她的脸一下子晴转多云，好像快下雨了。

"老师说你头发太长了，她说，如果不剪的话得让学校帮你剪了。"

我又忍不住加了句："班主任说你的校服穿在里面，你最好不要那样穿。"

"凭什么我就不行，别人都可以？"她即刻泪流满面，我知道谁也倔不过这孩子。在这种时候根本没有理讲，其实我能理解，也许其他同学只是偶尔一两次，也可能这样穿后被老师提出便改了，但这孩子倔得像头牛！

她气愤得泪流不止："整天剪头发，我索性剃个光头算了。"

"好呀，我和你一起去剃。"

"等我漫展结束再去。"

剪头发怎么像砍头似的？唉，我怎么生这么个倔孩子呢？

说她不听话，其他方面又都很听话，纵使暑假要求十一点之前关灯睡觉也都能遵守，家里没人自己也会煮点东西吃。从这些方面看又不像是独生子的娇宠，但那牛脾气到底哪儿来的？是遗传的吗？

我俩心情都不好，我便和她去西湖走走。西湖的水是那么清亮，简直像一颗光华灿烂的硕大绿宝石。微风吹拂湖面，掀起层层涟漪，在夕阳的照耀下，湖面闪闪发光。

虽然说福州西湖不像杭州西湖那样"水光潋滟晴方好，山色空蒙雨亦奇"。但是福州西湖也有自己独特的美，西湖的水恬静而娴雅，犹如一位大家闺秀。

西湖边走走，疲惫的灵魂、蜷缩的心灵都尽情舒展。

晚上十点钟，高章腾回到家，问女儿："元洁，你下午体育课因脚痛没上，是不是在教室做作业？"

"没有做作业，下午发奖状。"

"你把奖状拿给爸爸看一下。"高章腾兴致勃勃地嚷嚷。

"什么奖？"我连忙问道。

"优秀奖。"

"是这次半期考考的？"

"是上学期期末考与这次半期考加在一起的总分。"

"什么奖品？"

"一支笔。"

期待着女儿关了电脑，高章腾冲进她屋里以求看奖状。

"我丢了。"

"奖状怎么就丢了？"

"拿了又没用，我直接把它扔到垃圾桶里了。"

"那笔呢，给我看看。"

"晓琪喜欢，我送给她了。"

上床后，夫妻俩纠结了好一会儿："什么孩子，唉，奖状就这么扔了。我妈妈要是知道了，不知会闹成啥样？"我边说边忍不住笑了起来。

"你还开心呢？"

"那怎么办？我难道得哭天抹泪的？居里夫人还把奖牌给女儿当玩具呢！"

女儿倔强的个性并不是天生的，而是我们培养成的，是我们在不知不觉中鼓励她造成的。

我的一个好朋友对我说："你的女儿与你一模一样，你只是看不到自己罢了。"也许，骨子里，我正是这样坚定不移地肯定自己、接纳自己，只是她年纪尚小，不懂得用更大的心怀包容他人。

第十七节　奖　金

　　元洁没去上学的时候，我是不能让她待在家里的。因为我很忙，我只能把她带到店里，让她跟着称中药，她学得非常快，称过几包中药，常见的中药便记住了一些，差不多能上岗了。艳梅姐笑着对她说："元洁，你学这个太快了，没必要学。"事实上，我倒不觉得没必要，接触社会，锻炼思维，培养人与人之间的交流，这太重要了……

　　希望她能平平安安度过中学六年，我一度很纠结这个宝贝女儿，婆婆说了句："不管哪个人生在这世上都是有办法的，不用去愁他。"婆婆尽管没文化，但思想倒是很新潮，总能用最朴实的话让人宽心……

　　半期考成绩在年级第四十二名，我笑着问女儿："元洁，你觉得爸爸得给你多少奖金？"

　　"不是一分一元钱吗？280分。"

　　"那是上回说的，这回可没说呀？"

　　高章腾得知后，紧张地说："奖金还是得给的。"

　　我连忙建议："你不要再什么一分一元钱，再过两年七科主科，难道考个半期考，奖六百多元不成。"

　　高章腾掏了两百元奖励元洁，我的爸爸妈妈忙各送一百元奖金过来，婆婆也忙送一百元给她，一个半期考腰包便鼓了，把欠我的钱全还了，手头还有点儿结余……

　　大姑提着一块奶油蛋糕，小姑拎了一只鸽子，都赶来祝贺元洁，她们俩的孩子更是兴高采烈，黏着元洁不住地喊着"姐姐""姐姐"，倒像他俩获奖似的。

　　一家人聚在大厅里兴奋不已，个个谈笑风生，我的妈妈更是谈天说地，妙语连珠，从东家的高考生谈到西家的中考生，甚至张三李四的出国留学，我的爸爸感叹不已："你应该去当教育局局长，记忆力怎么这么好？"

元洁悄悄地走进自己的屋子里，从书架上取下《灼眼的夏娜》，塞进包中，随后关上门，换了一套日本校服，并且戴上了假发，令人耳目一新。此刻，她身材匀称，头发油光可鉴，丝丝下垂，仿如青丝瀑布，末端修剪得非常美观，她把背包背到背上，左手拿着一把纸伞，右手提着单反照相机，回眸一笑，姿态娴雅。

"要去哪儿？"我连忙问道。

"和朋友说好了，两点之前到七中校门口。"她说着便匆匆忙忙地出去了……

现在的孩子绝大多数显得慵懒，除非被强迫，否则对任何事情都打不起精神来。即使不得不做某些事，他们也是极不情愿地嘟囔着"好吧好吧"。而一旦受到强迫，他们便会产生强烈的抵抗情绪。

我深知元洁刚开始喜欢动漫和摄影时，只是爱好和兴趣，只是满腔热情地去帮助提包或者打伞，渐渐地，她越发地觉得有趣，不得不认真起来，反而忘了计较最初的马马虎虎。由于沉迷上这些东西，她东奔西跑，反而促使她精力更加旺盛，身强力壮，渐渐地，精通了其中的奥妙。很多美好的事物，乍看时并不惊艳，回想时才觉得趣味无穷，女儿的人生故事处处隐藏着惊喜，看似不经意，却又妙得很。

第十八节　写信给女儿

有福之州环境优美，景点颇多，具品牌的外语培训机构很多，如白金汉英语、一飞外语培训学校、新东方、说客英语等，很多家长在孩子三四岁时便开始往各种培训学校送。在女儿年幼时，我的经济很拮据，吃穿用度都成困难，根本不可能。随着她长大，英语有点儿拖后腿，顺其自然吧！晚饭后，我随口问了句："你副科读得怎么样？"

"就那样。"

经我细细询问，得知生物会稍微薄弱一些："怎么啦？副科得优不也有十元奖金。"

"现在主要的目标是争取前五名，然后有机会去日本看动漫展。"

"去日本哪儿是说去就去的，我听说办个签证也得半年。"

这句话一出，她的泪水像断了线的珠子不断地往下滴，不管我用任何方法都无法说服她。

这孩子怎么就这么倔强呢？

我打电话给章腾，章腾责备我乱说话，分明是他说的，怎么到我嘴里就成了我的错呢？

我只得求助于114，电话转接到中国青年旅行社，始终没人接电话，只好打电话给哥哥，也没人接听。又打电话给常年出国的同学，她告诉我："现在空白签证很快，一两周便能办好。"女儿破涕为笑，责备了一句："真想把老爸包到粽子里去。"

"我见他天天看新闻，他说要半年。我同学说以前是得半年，现在空白签证很快。"

"什么是空白签证？"

"没有犯错误的，如果有不良记录就得好长一段时间。"

女儿破涕为笑："老爸估计要半年。"

高章腾原以为哄哄孩子把书考好便成，不料想差点儿弄巧成拙，这孩子还是有许多让我可取之处的，有目标、有动力。尽管不高尚，当她认准目标时，是不需要父母操心的。可孩子毕竟还小，受周围环境影响又大，还是如水对孩子的教育好，用心去爱，我怎么也表达不了那份深情，我没有把所有的希望寄托在她身上，犹豫了几回，还是一封信也没写出来……

我深知女儿处于叛逆期。所谓的叛逆就是反叛的思想、行为……忤逆正常的规律，与现实相反，违背他人的本意，常常做出一些出乎意料的事。为了更好地陪孩子一起度过叛逆期，我看了许多关于青少年成长的文章。感受最深的便是要多沟通、多交流，让孩子知道父母的心情，同时多表扬她。这些天只要她回家，我便想办法表扬她："今晚七点多就回来了，真乖！"

我用心写了一封满怀深情的信：

宝贝女儿：

自从你生下来之后，一直都是非常乖巧，对于其他孩子非常难接受的事情，比如：理发、吃药、打针……你从来都没有吭一声，总是用微笑应对，不管任何时候，你从没有让父母操过心！

妈妈深知你到了叛逆期，受不了你的眼泪，一次又一次迁就了你，也许妈妈的这种方式是不对的，可我最渴望的是你平平安安，你能理解这种心情吗？

全家的人都渴望你上朝阳中学，你也努力过，也许你选择铜盘中学是对的，但我们都是社会的一员，我们任何时候都离不开社会这个大环境，我们没法去改变社会，我们不得不去适应社会，你懂吗？

妈妈最担心的不是你读了多少书，考了多少分，我最揪心的是你哪一天不再去学校了。我害怕你过早地走上社会，学校也是社会的一个小角落。在那儿学习占了大部分的时间和空间，你如果无法适应，要是到了社会这个大染缸，那将会有更多的磨难和痛苦！

妈妈喜欢你开心快乐地活着，更希望你长大后能独自处理人生道路上所发生的一切变化，妈妈不可能牵着你的手一直往前走。路在你的脚下，得靠你自己一步一个脚印往前走！

你已经慢慢长大了，已经是一名初二的学生了。这是很现实的，会有一些烦恼，不开心，可这就是人生啊，很多事情是要面对的。你文静、乖巧、喜欢各种有趣的知识；你善良、懂事、却有些任性；你天真、聪颖、却有些狂妄。你是在父母的呵护下一天天地长大，你的成长历程是无法衡量的，在你人生的道路上能谱写多少动人的诗篇也是无法估量的。

　　然而，许多时候，人是不可能按照自己的想象去生活的，也不能按照计划进行。人的生活是离不开社会的，有很多时候是要受制约于社会现象的，随心所欲的生活是不存在的。就像人有时是没有对与错之分，对与错都是在一种状态下所产生的，许多事物的原因和结果都是纠缠在一起的，不可能完全分得清楚。你今天的对也许是明天错的原因，明天的错也许是后天对的开始。要认真地去衡量，认真地去体味。自从你降临到这个世界上，你的成长一直伴随着爸爸妈妈的幸福与快乐，不管经历多少苦难，爸爸妈妈都会用一生的努力来创造你的未来。将来，你长大了，走出校门，走向社会，一定要懂得怎样去把握自己的人生，怎样去更新自己的观念，爸爸妈妈没有权力规定你走什么样的路，却有责任辅助你走什么样的路，你对自己的前途要有计划地进行，去设计和规划自己的人生。人，是不怕失败的，是怕不思进取的，人的心态是决定人努力的结果。快乐是自己创造的，人生需要感悟的东西太多，而大都也是愁多欢少的，要正确看待生活中的每个环节，发挥好自己的特长，才能掌握自己的人生命脉。我的女儿，爸爸妈妈希望你快乐，愿以一生的苦换来你一生的幸福，你能理解爸爸妈妈的这一番苦心吗？

　　我的孩子，你是知道的，爸爸妈妈从来没有打过你。妈妈曾打了你一筷子。不久，我便上前把你抱了起来，向你道歉，因为母女之间是不能用强压来显示正确的，我们需要像朋友一样的亲情，你是那么幼嫩，好像一粒包在荚中的青豌豆。我生怕任何一点儿轻微的碰撞，都会将你稚弱的生命擦伤。常常在寂静的深夜里，面对你熟睡中像合欢一样静谧的额头，我向上苍发誓：我要尽所有的力量保护你，直到我从这颗星球上离开的那一天。随着时间的流逝，你像竹笋一样开始长大，你开始淘气，开始恶作剧，对你摔破的盆碗、拆毁的玩具、遗失的钱币、污脏的衣着……我都不曾打过。我想这对于一个正常而活泼的儿童，都像走路会跌跤一样应该原谅。你开始渐渐懂事，初步具备人的智慧，你混沌天真又我行我素，你狡黠异常又漏洞百出。你像一匹顽皮的小野兽，放任无羁地奔向你向往中的草原，而我始终幸福地看着你，放任着你的一切，从来不曾因为你的顽皮和过失动手打你。我也想过，假如你去摸火，火焰会灼痛你的手指，这种体验将使你一生不会再去抚摩这种橙红色抖动如绸的精灵。孩子，我希望虚伪、懦弱、残忍、狡诈这些最肮脏的品质，当你初次与它们接触时，就感到切肤的疼痛，从此与它们永远隔绝。

假如惩罚自身可以使你吸取教训，孩子，我宁愿自罚，哪怕它将苛烈一百倍。但我知道，责罚不可以替代，也无法转让，它如同饥馑中的食物，只有你自己嚼碎了咽下去，才会成为你生命体验中的一部分。这道理可能有些深奥，也许要到你也为人父母时，才会理解。

快乐是人生的最高追求，但每一个人生阶段都有一个人生的主题，你身为学生，主要的任务便是学习知识。你有自己的想法看法，这是正常的，但爸爸妈妈希望你在与他人思想发生冲突时，也能不断地反省自己，站在对方的立场去想一想，每一个人的言语都是他角色心坎的自然表白……

一直以来，我们母女都是心连心的，如今一次又一次的矛盾的发生都是因为我们所处的立场不同，你渴望尽情地享受属于自己的快乐，爸爸妈妈却希望你扎扎实实地打好基础，应该说这并不是绝对的矛盾，妈妈在处理问题上的方式方法时性急、容易发脾气，妈妈在这里向你道歉。

希望你冷静地想一想，好好地去体味妈妈的爱。人生的路漫长坎坷，你要记住：永远做最正确的事，永远做最正直的人！我的宝贝女儿，妈妈爱你！孩子，我的宝贝女儿，妈妈非常非常爱你！

永远爱你的妈妈

2012.7.16

自从给女儿发出第一封信后，每隔一段时间，我都会写一封信给女儿，抑或鼓励支持，抑或探讨人生，把自己的感悟与她分享，这些信滋养着女儿的心灵，像黑暗中的灯塔指引着女儿前行！

第十九节　次元差

　　我的妈妈对女儿的专注令我难以招架，我难道不知道要好好培养孩子吗？妈妈总觉得要全力以赴教孩子读书，孩子在读书期间不让她做任何与学习无关的事情。我不明白爸爸妈妈为什么认为只要孩子把书读好，考上一本就是一生的目标，妈妈根本不知道，一个人的一生需要的东西实在太多了，不仅仅得上大学，还得独立处理各种事情，孩子在他们家连碗筷都不需要拿。爸爸妈妈家里每天总是聚集一批又一批的牌友，几乎从不间断地打麻将。爸爸爱元洁，喜欢她一个人待在屋里看书，到了吃饭时间，总是装一碗饭和一些菜端到元洁的屋里，让她独自关在屋里吃。元洁过着饭来张口、衣来伸手的生活，真令我担忧。妈妈一直忙于买各种教学参考书及各种各样的学习机、复读机……孩子对此根本就没兴趣，甚至反感。

　　元洁一直对英语不感兴趣，为了这，妈妈主动报名参加了老年大学的英语学习班，又读不清楚，比如：What is this？（她在旁边注上"我死你死"）

　　我感慨地对高章腾说："我妈的英语读得太精辟了，你看她上面注明我死你死。"

　　"哪有这样的句子？"

　　"我开个玩笑，What is this？我死你死，上回去听课，香蕉竟写成danana。"

　　这一段时间，妈妈只要来我店铺，就一定翻开那笔记本，上面全都记着本市各所高中的录取分数及录取人数，读得振振有词。大家都为之万分感叹！可孩子这么大了，打不得骂不得，只能顺着孩子的意愿用心引导罢了……

　　妈妈倒好，痴迷得很，昨天发来一段：

　　不经历风雨，怎么见彩虹，没有人能随随便便成功。

　　How are you doing？

Long time no see,

How are you getting on with your work ?

这下我又收到妈妈的短信：孩子等于我们生命的全部，孩子没出息人生还有什么盼头，没有任何事业比创造优秀的孩子更伟大。

孩子固然重要，但人活着怎么就不渴望自己做一番事业呢？父母倘若把所有的希望寄托在孩子身上，孩子会感到压力太大，反而对孩子有害而无益，再说，儿孙自有儿孙福嘛。

我看到许多家长用强制的手法教育孩子总是很反感，总觉得自己深明事理，与孩子沟通起来不会太难，想不到自己与孩子的代沟越来越深。这一天，她又提出要去海峡会展中心摆摊位。

"你请员工了吗？"

"我会安排的。"

"那进货的钱呢？"

"就是需要先向你借，才和你说。"

我本想拒绝，但在交谈时发现她的眼圈红了，泪水溢满了眼眶，我实在不忍心拒绝，便将就了。算了，让她长大后在社会的熔炉里去磨炼吧……

我看着她的聊天记录，没有一句看得懂，代沟也太深了吧……

"我叫你去我店里打工，你不肯。"

"次元差。"

等老公回来，我问了老公，他也不理解次元差，女儿把头一抬："你们不理解，这就是次元差。"

上网搜索，未知数的多重指数就可以称为元，比如数学中的某数的几次方，就可以称为这个数的几次元。又如，物理中，空间可能存在多重性，这种多重的空间所在，也可以说成的几次元空间。我似乎明白了次元差的意思了。高章腾也感叹道："一天三百元的租金竟觉得便宜，我们和孩子相距太远了……"

当晚，我问她："元洁，记得你第一次向我借三百元进货时，心里挺紧张的，现在好像一点儿也不怕。"

"现在有能力了。"

就是这么简单，我一直在回味自己的第一桶金，我的第一桶金几乎就是靠欠来的。人要靠自己的劳动挣钱买房子，等钱存差不多时，房子又涨价了，所以永远也买不到房子，我所做的第一件事便是欠款。当然，我一直反对向银行贷款，尽可能向亲戚、朋友们借，我当时连三五百元都借。当还出去款后，才发现原来欠三万元并不可怕，后来就借他七八万也是小意思，当自己有了一定的积蓄时，欠六十万元也是不害怕的，甚至发现物价飞涨货币贬值时，我的心中充满了阳光，因为我的还款能力增强了。

我们的教育常常规定孩子在学生时代不要管社会，总是用圈子把孩子圈得牢牢的。而孩子一旦踏入社会，似乎学习都是不对的，常常听到妈妈责备我："这么老了，还学什么学，要把精力放在教育孩子身上才是正道。"

他们不知道榜样的力量是无穷的，一个爱学习、用心工作的妈妈对孩子的教育是无价之宝！那些"好好学习！""不读书就没出息了。"之类的唠叨不仅一文不值，甚至是伤害孩子、令孩子反感的！只有把自己做大做强，做出好榜样来，孩子就自然向你学习，向你靠拢了！

第二十节　土　豪

三坊七巷是福州的一张活名片，是福州的历史之源、文化之根，区域内现存古民居约270座，有159处被列为保护建筑。以沈葆桢故居、林觉民故居、严复故居等9处典型建筑为代表的三坊七巷古建筑群，被国务院公布为全国重点文物保护单位。它是孕育优秀名人的地方，更是各地游客观赏的好去处。

女儿在三坊七巷租了个摊位，叫高章腾帮她送到目的地，高一的迎迎会帮她卖东西，一家人早早起床吃早餐，高章腾开心地把手搭在她的肩上："老爸爱你吧！"

女儿把嘴一噘，眉头微微皱了皱，不耐烦似的应道："好爱哟！"大家都觉得她说出来的倒像是根本不爱。也许是身为长辈，心中满含包容、深爱她的本能，全家人都被逗乐了，忍不住哄堂大笑。

"几点了？妈妈。"

"快七点了。"

"我和朋友说好六点五十分到华莱士取个东西。"女儿急急忙忙地往外奔，咬字倒很清晰，一改她平时悠然自得、慢条斯理的习惯，每个字像机关枪似的直往外冲。

我在任何时候的反应总是很快："你和妈妈说一下，我得帮你带什么东西下去，你取了货直接在门卫处等我们。"她和我一起到了她的房间，望着琳琅满目的物品。我暗自发笑，这哪是屋子？墙壁上挂着一条细绳子，绳子上用夹子夹着一张张明信片；书桌上堆着一沓又一沓的卡贴，它们紧紧张张地挨着，似乎一阵轻风吹过都会摔到地上，飞花碎玉般肢解；衣柜里也拥拥挤挤地堆放着抱枕、布娃娃。地上这儿一包那儿一袋，每一袋都各具特色，十分凌乱。有的歪躺在地上，病恹恹的；有的缺胳膊肘儿地趴在床上；有的无可奈何地被丢在地上；有的委屈地缩在角落……这些货全是女儿网购来的。

女儿指着一个60厘米×80厘米×50厘米的箱子："就是这个箱子。"

我将信将疑："就这么个箱子吗？上回可是带五个箱子？"

"就这个。"这个小箱子装着的东西可谓品种丰富：她裁剪的图片发到厂家定做的卡贴或明信片，她朋友的手工制作品，她喜欢的动漫产品……女儿匆匆离去。直到晚上，我才得知她去取的货是朋友的漫画，她的朋友二十张简笔画，她付给朋友一张一元，她拿去每张卖两元。

孩子毕竟是孩子！到了下午结束时，她打电话给我："妈妈，我坐上54路车要回家了，东西怎么带回去？"

"你到浮村下车，换129或9路到康城下车，然后叫一辆的士。"

"那不是要好贵？"

"也不贵，十元钱吧。"

"那不如直接在浮村叫的士？"

"也行，你带钥匙了没有？"

"没带。"

"你在浮村等我，我去接你。"

到了晚上，女儿拿了二千一百六十六元给我。

"卖了多少？"我关切地问。

"卖了一千五百元钱，你早上给我六百元零钱，这儿扣了九百，我还欠你七百元。"

我望着那记账本，指着第一行，认真地对她说："你看！这是你上学期欠我的一千多元……"

她的眼神顿时黯然，嘴巴努了努："我还以为只欠你七百元呢！"

"你不是说那个点没人走吗？你怎么卖的？"

"我遇到一个土豪，他一开始买明信片，挑了一些，我算了一下，二十五元，他说怎么有五元，索性凑到三十元，接着又挑了卡贴，又是二十五元，他又凑到三十元。我告诉他买这些东西买十张送一张，他又挑了些，一共买了一百五十元，付完钱走后，他离开十几分钟后，又转回身，他说他妈妈允许他把钱全部花掉，还有二十元，后来又买了二十元的。"女儿说得兴高采烈的，这欢乐感染了全家的每一个人，整间屋子都充满着欢乐。

高章腾疼爱地问道："挣了这么多钱，还舍不得坐的士？"

"我没带钥匙嘛！"

"这次摊位费多少钱？"

"五十元。"

"这次真便宜。"我感叹道，又忍不住问了句，"那你给她们的工钱呢？"

"结束时，我让她们随便挑一些自己喜欢的东西去，她们挑了些。"真是厉害！正所谓"道高一尺，魔高一丈！"这孩子小小年纪竟如此精打细算，她竟说："很多人都想免费帮我卖东西！"

如水说我娇宠孩子，要让她自己做自己的事；伊鸿说要严格要求孩子读书，不能荒废学业。这孩子一天挣了好几百元，这是宠出来的吗？人们总说"80后""90后"，好像越来越后似的。每一个时代都有它的弄潮儿，从女儿身上我看到了希望和光芒！网络造就了她，更造就了新的一代，他们才是网络时代真正的弄潮儿！

女儿是我亲手培养出来的，尽管一路走来也跌跌撞撞。但我深知每个人身上都蕴藏着巨大的潜力，鼓励支持女儿朝着自己的爱好和兴趣发展，她时时用头脑思考而不是依从、驯服，也不知如水和伊鸿看到这一部分有何感想？

有人说元洁这样的孩子往往可能走向社会的两大极端：要么有重大突破，成为一颗亮丽的明珠；要么一辈子与社会格格不入，难以融入社会……

高章腾说："你要把孩子培养得出类拔萃，你写出来的文章才有人看。"

"我倒不这样认为，纵使是失败也会让人们从中吸取教训！"

又过了三个月，新年来了，女儿又一次在展销中心做起了生意，这一次的租金是两天三百元。第一天，高章腾送她到目的地，同时因为元旦这一天没有医保刷卡，生意清淡许多，能抽出时间帮助女儿，故而高章腾帮女儿牵好绳子、支好广告牌。

她主要卖的东西仍是她迷恋的动漫产品，也有我们为她弄来的松溪特产。摊子上摆着一块块黄白色"百年蔗"红糖，广告牌醒目写着世界罕见"百年蔗"红糖："'百年蔗'是清朝雍正四年（1726）万前村农民魏世早祖上作为'风水蔗'而世代保留下来的，至今已有290年的历史。'百年蔗'近三百年来一直未换过种子，每年都会萌发新株，每年都有收成。著名甘蔗专家和农业教育家、博士研究生导师周可涌教授考察了松溪'百年蔗'后，惊呼'真是世界罕见的奇迹！''百年蔗'制成的红糖呈黄白色、松脆可口、味道清甜。欢迎选购！"摊子旁边围着许多人观看，大家感到稀奇。

那天天气很冷，站在风口处卖东西，女儿冻得不停地搓着双手，但她激情高涨，因为这一天的收入不错。

傍晚，女儿进家门后，迟迟不肯上桌，她忙于点钞票，我开心地逗她："有钱挣就行了，不用吃了……"

我可没指望她发财，只希望她平平安安就好，我想到就愁，担心她不能顺顺利利把初、高中读完。

在这样的时候，我总在想：到底是我的教育出了问题还是传统的教育不适用于现在的孩子？现在网络世界欣欣向荣，我们仍用原来的思维是不是已经太僵化了？现在的孩子今非昔比，想到女儿的成长，她是与时俱进呀！

两天生意结束后，她把这两年欠我的款结了一下，只欠我八十多元，我一笔勾销了，告诉她："过新年了，这八十多元算妈妈给你的奖励，你真棒！"

她抿着嘴笑着："妈妈，你这种鼓励真不少，好像断断续续给了我不少钱呢。"

很多人得知我让女儿去摆摊位都不停地嚼舌根，说我钻到钱眼儿里去了，没让女儿好好读书，一心只想挣钱。孩子嘛！能有借有还就很不错了，我难道真的让她觉得妈妈也一头钻进了钱眼儿里吗？更何况她能懂得借钱还钱，渴望自己去奋斗，这本就是很好的开端！

第二十一节　把压岁钱给他吧

　　女儿经历了四年的叛逆期，尽管时光老人跛着脚走路，仍给我匆匆之感。我一直用心走在自己的人生路上，也时常和女儿交流各种收获和感受。这么多年来，我资助的第一批寒门学子也大学毕业了，直博曾经是多么难得听到的字眼，如今却显得有点平常，其中一个孩子方腾认我做妈妈，让我欣喜无比。我和女儿聊了他们的近况，同时告诉女儿："一个人不是非要拥有百万资产，成为千万富翁才去资助他人。我当时因买店面欠了三十多万元。但我觉得只要我每个月掏出两百元钱就能帮他走过最艰难的路程。而我的朋友当时便有一个特大的工厂，她当时对我说：'等我有钱了，也资助一些孩子'，到了现在，她还没有资助一个孩子。两百元对于我们的家毫无影响，但对于考上大学的贫寒学子，完全可能改变他们的一生。"

　　女儿睁着清亮的眼睛："妈妈，你爱他，他叫你妈妈你自然开心，我更喜欢你刚认识的哥哥，因为他是那么有个性和倔强。"

　　"他对我打招呼便是一个Hi，他是个好孩子，他当时问我：他父母身体不适，月收入不足千元，而且还有爷爷，这样还愿意资助他吗？我当然愿意，可我寄去钱不久，再和他联系时，他说家里也会寄钱给他，他家那么穷怎么可能寄钱给他呢？纵使有寄也是少得可怜。同时，他说他可以自己兼职挣点零花钱。"

　　"可惜我的压岁钱借给了小姑。"

　　"小姑早就还你了，在妈妈那儿呢。"

　　"我现在对压岁钱的想法和过去不一样了，那是我国的传统习惯，我想把其中的一半给那个哥哥，另一半给你算了，反正也不是我挣的钱。"

　　孩子的话语让我惊异，同时也让我感到十分欣慰。这学期她开始了非常平静的生活，周一到周四一放学便及时回家，一入家门便开始做作业，也乐意每个月剪一次头发……

孩子是因为展销难以挣到钱还是因我们的书信起了作用，我不知道，但我深知孩子已经长大！是我从小给她的耳濡目染让她明白这一生的钱得靠自己去挣，父母的所有资产与她毫不相干。孩子的想法感动了我，我一直为自己无所渴求地付出真爱而开心，却想不到孩子能把她所有的压岁钱拿出来，我在付出的同时还是时时警醒自己，掏出自己的一小部分！一定要在不影响自己生活的情况下去付出！

我对女儿说："我和你爸爸之间是人们所说的爱情，但我和其他的男人也有爱，在世人的眼中不是爱，那到底是什么呢？我觉得只能用一个字解释：爱！爱便是毫无渴求地付出！我们不奢望、不渴求！你爸爸不相信其他的人爱我，他说：只有我才是真心爱你的，其他人全是假的。"

女儿天真地笑着："这么说我对你们的爱也是假的了？老爸呀！"

爱不仅仅指情爱，还包含理解、疼爱、体谅、共鸣……都是正能量，催人奋进！繁体字的爱中间有个心，是建立在朋友基础上的关心、呵护、疼爱，现在的人把"心"弄丢了……

女儿的那句："把我的压岁钱给他吧！"时时温暖我的心怀。佛语中的那句："吾今所造诸业皆因贪嗔痴。"以前，我只是觉得此生得到太多，应该为社会付出一些。现在的我才明白人活在世上，凡事皆有因果，常常遇到老年人说他的儿女如何如何不孝，若是从前，我定觉得是儿女不孝。但现在，我不这样理解，孩子为何不孝，必是父母教育出来的，存在着这几种原因：一种可能是这些父母以前对自己的长辈也是不孝的；另一种是自己对父母孝顺，但对公婆刻薄；或者是自己没理解应该如何爱孩子，总是一味地给予，没有把孩子的位置摆正，培养了孩子占有父母财产的欲望……

我相信人性的因果循环，想要获得果实的甘甜必须先播下种子，同时要锄草、施肥、松土，还要有天时地利人和……要收获果实必须有十分的付出，九分的付出可能是零的收获！不去付出就别指望天上会掉馅饼……

第二十二节 女儿，你在哪里

当晚霞消退之后，天地间就变成了银灰色。灰色的暮霭不断地加深，墙头、屋脊、树顶和街道都像是罩上了一层薄薄的玻璃纸，使它们变得若隐若现，飘飘荡荡，很有几分沉重的气氛。蚊虫开始活跃，成团地嗡嗡飞旋，给人一种烦躁的感觉。蚊虫大街小巷的人越发地增多了，汽车开始拥堵，喇叭声不断，电动车、自行车穿梭其间，人人都往家的方向赶去。此时，老师打电话给我："今天下午，有个同学在班级把元洁的手机拿出来玩游戏，你来一下学校。""那我现在就去学校。"我放下一切，即刻赶往学校，上了一辆的士，车仅行走不到二十米，便接到赵老师的电话："你见到元洁了吗？"

"我这下正准备去学校呀！"

"我们交代元洁留下来，但她一放学就走了，不知道去哪儿了？你打电话给她一下？"

"好的。"

"元洁晚上如果回到家，你发个短信给我。"

"好的。"

我只好径直赶回家等女儿。

伊鸿打电话给我，我和他谈起这个情况，伊鸿很坚决地表示："学生很难管的，纪律是一定要的。"

"我们用太多的框框束缚孩子了。"

"你没当过老师，你不知道。"

我听从了伊鸿的话，对女儿严厉指责，不想过多理睬她，任她哭泣。

次日一早，我便发现女儿把房间的门反锁了。我用钥匙打开，心想：真是道高一尺，魔高一丈！

115

六点半高章腾便哄她起床了，她依然暗自哭泣，在出门之际我一直渴望高章腾把她的手机没收了，高章腾努力了几回，都达不到目的。我们送她到了校门口。

7:48收到赵老师的短信：高元洁今天有来上学吗？

我回复老师：她去学校了。

过了不久，老师又打电话给我：元洁没到教室。

我心乱如麻，唉！

我拨了几次电话给元洁，她都不接。

8:07我发短信：元洁，妈妈是心急，你回来，我们再重新想办法，好吗？妈妈态度不好，你也站在妈妈的角度考虑一下，好吗？

8:18：元洁，你在哪儿？回来吧！爸爸妈妈一直都很爱你！

我深知这个年龄段的孩子正处于心理叛逆期，是最不好管理的。班主任也很焦急，打电话过来询问，我告诉她："昨天，她说是同学把她的手机拿出来玩，又不是她的错，为什么都要骂她？我说学校就是规定不能带手机的，叫她拿出来，她就是不肯。"

"如果她带手机自己又不能好好管，就不要带了。"

老师这句话还是很温暖的，我忙叫高章腾发个短信给元洁，这孩子，什么时候能回个话？

9:13高章腾发给女儿："老师说你可以带手机到学校，要保护好，你在哪里呀，我去接你，别让爱你的爸妈担心。"

一个上午过去了，没有丝毫的消息……

12:20我：妈妈脾气太大，原谅妈妈，好吗？妈妈不敢一直拨你的电话，怕你手机没电！

13:42女儿：看到了，马上就回去。

女儿告诉我，她一整天独自待在省图书馆。得知这些，我的心有了些安慰，叛逆期的孩子那根筋不好扭呀，我们应该把他们当作成年人来沟通，而不能犯教条主义。

那只名叫雪儿的猫又浮现在我的眼前，它融入幽暗，如影子，如幽灵，像暗夜行路者，以犀利的目光警觉地观察着沉默的世界。不管人们如何娇宠它，也不管人们如何忽视它，它都会尽职尽责，它永远都能够捕捉到老鼠。只是偶尔打翻一些瓶瓶罐罐，偶尔会把脚底的梅花印踩在我们的书本上。

第二十三节 摄 影

周日下午，女儿早早做完了作业，闲着没事，我便陪她学习日语，由于我也只知五十音图，只好求助于网络，母女俩只读了十来分钟，电脑死机了，就在这时，女儿问道："桌面上的东西到哪儿去了？"

"我怎么知道？会不会在D盘？"

她打开查了一下，没有，她满脸焦虑："到哪儿去了？"

"哦，可能是那天死机了，你爸把它删除了！"

"到底去哪儿了？都没有！"女儿的脸色变得越来越难看，泪水似乎在眼眶打转。

我拨通了章腾的电话，问章腾，章腾竟应道："你把电脑拿起来了，还怪我！"

"她说的是我们房间桌面上的那台电脑，不是手提电脑，你前几天不是说电脑太卡，是不是被你删除了？"

"可能是吧！"

女儿听了勃然大怒，脚一跺，泪水便涌了出来："我玩时电脑都不会卡？你们玩怎么就卡了？干吗把我的东西删除了！"

"爸爸不是反复交代你不要把东西放在桌面，要放在D盘，你总是不听！你还要听日语吗？"

"不听了！"她边说边离开，在出门时用了全力"砰"的一声关了我房间的门，随之又一声她的房间"砰"的一声，我的心一震，但我即刻冷静了，这孩子又开始耍脾气，随她吧！我还是继续看我的《廊桥遗梦》……

这时，一层淡淡的轻雾笼罩着天空，雾越来越浓，天阴沉了下来，闪电渴望能撕碎浓重的乌云，巨雷在低低的云层里滚动着，随着几滴粗大的雨点砸下，滂沱大雨就铺天盖地地压下来，它也在为她的不幸而哭泣。夜，漆黑黯淡的、漫长的夜……

次日一早，便听到婆婆的敲门声，我怎么也没法打开女儿的房门，只好把章腾唤醒："你快点起来，你把电脑的东西弄丢了，去向她解释一下！快点！"

章腾尽管很不情愿，但在我的一再催促下还是起身了。女儿却是千呼万唤不出来，我只好找出钥匙，把门打开了，电风扇在不停地摇头晃脑地吹着，女儿却整个儿包在薄薄的被子里，连头都被包裹着，床的另一半零散地堆着各种各样的东西：背包、手机充电器、卡通的明信片、纸巾……

"宝宝，你怎么边吹电风扇边把自己包得紧紧的，对不起！爸爸把你的东西弄丢了！"

"我们就你一个女儿，爸爸妈妈怎么可能不深爱着你呢？快！去上学吧！"

"我今天不想去！"我着实领教过这孩子的倔强，几次的强硬换来的都是女儿的失踪，我深知这孩子永远只能吃软而不吃硬的。

"和爸爸说发生了什么事情，不可能是因为这……"

"各种各样的事情！"

"你和爸爸说，爸爸帮你解决！"章腾哄道。

"你自己的事自己解决！人怎么可能不遇到一些事情！爸爸妈妈根本解决不了你的事，你实在不想去，我跟老师请一天假，你明天去，好吗？"我还是很宠爱这孩子，按我国的教育原则，我这种做法可能是不对的，但我想：教育应本着因材施教，因地制宜，人嘛，总会有自己不舒服或者不开心的时候，不必时时刻刻强制。

我帮她请了一天的假。我深知元洁是因为迷恋摄影丢失了自己最宝贵的照片而生气。我能理解孩子，我更知道唯有时间能消磨这种矛盾。随着时间的流逝，出于保护，伤口可能被覆盖上疤痕，疼痛随之减轻，但这一切永远也不会消失。

人生在世，我们难免会遇上这样或那样的烦恼，虽然带给你的不一定是幸福，但只要我们能换一种方式去想，去感受，烦恼就不一定是烦恼了，有时会收获到不一样的幸福。

当你受伤了，不管是身体上的还是心理上的，不必为此而烦恼，将它淡忘了吧。久而久之，你就不会为此而悲伤，只因时间是最好的疗伤圣药。你要相信，这世界上所有的痛苦都会随着时光的流逝而愈合的。

不由得忆起臧老师的一段话："罹患重病，是我人生路上的一大挫折，甚至是重大失败。在我选择坚强之后，再回头看看，觉得尿毒症也是我的一位老师，一直与我形影不离，是我最忠实的伙伴。我只有接纳它，才不会恐惧！想办法战胜它，我由弱者变成强者，所以，从某种角度而言，我称缠身的重病为老师。重病让我学会了自强不息，它让我懂得永不放弃，永远不让它占上风，永远别被它绊倒。认识到困难并不可怕，可怕的是失去战胜困难的信心与勇气。只要有信心、有勇气，就没有克服不了的困难。当你走出困境就会明白'失败乃成功之母'的真正内涵！"

　　这正是"塞翁失马，焉知祸福。"人在前行的过程中，难免会遇到一块石头把你绊倒，甚至一块巨石把路挡住，可这块大石头也有可能成为你登上下一个小山峰的台阶，把你托举得更高，你说呢？

第二十四节　过春节

春之仙子挥舞着轻快的身姿来了。人们忙碌于购买年货、挂灯笼、贴对联、蒸年糕……年味儿越来越浓。在这喜庆的日子里，我却找不到喜庆的感觉，女儿提出了几次："妈妈，你们去玩吧，我一个人在家过年！"

"那怎么行？妈妈怎么会放心呢？"

"你们又说我不去，害得你们没地去玩。你们索性去玩，我一个人在家里玩。"

"那如果你晚上没回家呢？"

"你可以打电话呀！"

"你如果不接电话呢？让你爸爸去玩吧，我在家陪你。"

"你没和爸爸一起睡，爸爸睡不着，怎么办？"

"我会失眠，你爸从来不会，就这样说定了。"

"奶奶可不可以不待在家里？"

"现在怎么也不喜欢奶奶了？"我惊讶地问。

"奶奶不是都不管你吗？怎么也有意见了？"高章腾拍着元洁的肩膀。

她不言语，我用方言对高章腾说了句："老妈整天总叫她吃饭，总说她不吃饭，怎么可能不吃呢？她爱吃饼干、巧克力之类的，吃得一篓子的垃圾，她不爱吃饭，老妈天天都嫌她吃得太少，她肯定觉得很烦。"

我问元洁："那让奶奶回县城，去婶婶家，待到十五再回来，可以吗？"

元洁点了点头。

唉，这孩子怎么如此古怪？真被我宠坏了，毫无原则。

在小年那天，爸爸妈妈一见到我们便问："元洁呢？"

"她不来。"

"这孩子怎么这样？"妈妈忍不住念念不已。

高章腾笑着说："这点非常像她舅舅。"

"她的舅舅哪会这样，也从没有这样。"妈妈的脸色顿时变铁青了。

"她像舅舅一样，做什么都很倔强，非常专心，非常执着！"

妈妈的态度一下子温和了："真的，她像她舅舅那样专心？那就好！"

爸爸遗憾地叹了口气："哎，元洁没回来，我抽空去北尚看她。"

我心想：真是"疼外甥，养狗咬后跟！"外公外婆养了她十几年，她只想尽可能地回避这些长辈！

那一年的春节，我和章腾两人一早便起床，驾车去游玩。天黑后，夫妻俩双双回家，女儿一个人待在家里，她或上网或与朋友欢聚，也就从那一年起，我们渐渐地放手了，过年三个人一起吃年夜饭。正月初一，我们夫妻俩重温蜜月的幸福，回家乡游玩，甚至回到刘源过夜，记得有一天晚上，我拨电话过去，女儿没接，章腾便笑道："女儿还是和爸爸亲。"

我顿时心里不舒服，峰峦叠嶂的山峰犹如一个个银质的巨人，俯瞰着村庄的动静，橘子山笼罩在黑蓝色的夜幕中，沉浸于酣睡中，我噘着嘴，任性地冲着章腾跺脚，他连忙拨了电话给元洁："你怎么不接妈妈的电话？"

"刚才在弄照片，手机不小心设为静音了。"

"哦，照顾好自己，爸爸妈妈在刘源。"

他放下电话对我说："没事了吧，开心笑一笑。"

"我就是不高兴，心里堵得慌。"

他附在我的耳边轻轻地耳语道："对不起！"那声音温润着我冰冷的心怀，那流淌的血液似乎沸腾了，我用手轻轻柔柔地抚摩着他的胸前，他用力地把我拥入心怀，两颗心紧贴在一起，像被熔化的铁水永远黏合在一起，不再分开……

世界又回到了亚当和夏娃的快乐中，女儿自己打理自己的生活，只是每天联系一两次，通个电话，聊几句轻松的话语。

第二十五节　报　警

　　夜渐渐地深了，路上的行人越发地少了，我慵懒地伸了个懒腰，抬头望了一下窗外。只有几颗星星，泛着苍白的光，疲倦地眨着眼。偶尔送来了一阵风，树枝忍不住地咯吱咯吱地叫了几下，有只小猫受伤似的呜咽着，湖面上隐约有几只田蛙在呱呱地叫着，显得越发苍凉。九点多了，我打电话给高章腾："我八点三十八分拨电话给女儿，她回了短信：'在吃饭！'现在接都不接我的电话。"高章腾嘿嘿地笑个不止，好像女儿和他亲不和我亲似的，我懒得理睬他。随后，他在店里拨了近十个电话给元洁，都没有人接听，到了九点二十五分，他打电话给我："她没接电话，到底在哪儿？"

　　"我也不知道！"

　　我心急如焚，走出屋子，沿着马路去寻找女儿，期望能与她相逢。经过灯火通明、人如潮涌的夜市，我抬起头来，天空湛蓝而高远。千年之后，此时此地的我们会被后人知晓吗？他们还会为眼前的事而烦恼吗？刹那间，一串串细小的银铃声在我的耳畔响起，若有若无，却是那么悦耳，好像在嘲笑我沉重的思绪。我甩甩头想忘却烦恼，女儿五岁时的一段往事涌上我的心怀……

　　那时，我们的店开在融侨路的小巷子里。吴健比元洁大两岁，是邻居家的孩子，元洁非常喜欢和吴健玩。吴健虽不喜欢学习课本知识，但实际操作技能非常强，才七岁，不仅会自制木头手枪，竟然能够独自骑三轮车。

　　那是一个晴朗的早上，我让元洁去邀请吴健，他的妈妈自然同意了。我便带元洁和吴健两个小朋友一起去鼓山玩。不管是坐公交还是买零食，吴健都递钱给我，我执意不收。难得带孩子出来玩，这点儿小钱怎么能收呢？他毕竟还是孩子呀！他俩不停地往山上冲刺。我却笨得赶不上他俩。在返回的半山腰，吴健买了个精美的礼盒送给元洁，我当即批评道："你怎么买这么贵的东西？你妈妈会骂的。"

"不会的，我妈妈给我的钱，我可以用了它。"他妈妈拿十元钱给他，他竟然花了八元钱买那个小礼盒。

当我们到达家时，元洁竟然在我掏钥匙的那一刻靠在门边睡着了……

夜市的人越发地稀少，地上到处堆了一垛又一垛的垃圾……摆摊的老板们全都在整理打包。

我心里越发慌乱，不停地拨打元洁的电话。电话不是没人接听便是正在通话中。我深知所谓的正在通话中绝对是高章腾也在拨电话，到了九点四十多分，还是没有孩子的消息。高章腾回到家后，我提醒高章腾："你打电话给迎迎，到底是怎么回事？"

章腾担心地叹道："已经十点钟了，这孩子竟不接电话，迎迎说她八点多就回家了，怎么搞的？"

我又向迎迎询问了其他一起玩的朋友的电话，她给了我阿英的电话，我打电话问了阿英，阿英也是八点就离去了，我再询问几句，又是无果，我又拨打电话给迎迎向她询问。

我担忧道："这孩子怎么回事？一点儿消息都没有，电话打了几十个也不接，我就担心会不会在车上睡着了。她总是这样，玩得太兴奋！会不会筋疲力尽了？"

高章腾坐在椅子上沉重地叹了口气："看来只好报警了。"

"如果一会儿回来呢？要不要再等等？"

"有什么办法，他们八点多就回家了，还是找警察，让他们进行手机定位。"

高章腾拨了110，警察交代要带上身份证、户口簿及孩子的照片，我起身穿衣服，高章腾问道："你也要和我一起去？"

"一起去吧。"语气是平淡的，心却万般沉重，像挂了座小山峰。我还是不希望报警，无数次地期待，无休无止地拨打一个又一个电话，我再重新拨打一遍所有的电话，希望能尽快找到元洁。经过了近一个多小时的寻找，快十一点时，终于联系上了，高章腾开车把她接回家了。高章腾很生气，责备道："以后八点钟就要回家，不许玩到九点！"元洁的泪涌了出来，脸涨得通红："我就不！"她顶了一句。我深知女儿受了委屈，孩子长期都是自己安排自己的生活，高章腾的规定突然这么严格，女儿的心里接受不了。我走到她的身边，拍拍她的肩膀，轻声细语地说："爸爸很爱你，心里太着急了，你知道吗？你一直不接电话，爸爸已经拨110报案了。是妈妈反复找你的几个同学，才联系到你，如果真的报案，明天报纸上就登了出来，你上学不是更没面子吗？"

她的气色缓和了许多。

"你为什么不打电话给爸爸妈妈？"

"那不是找骂吗？"

"爸爸妈妈骂你也是爱你，心里着急嘛。以后，千万记住要接电话哟！不管发生什么事情，爸爸妈妈肯定是最爱你的，知道吗？"

她一边点头，一边擦拭着泪水。

夜越发地深了，女儿进屋去睡了，我依偎在章腾的怀抱中，爱把我们交融在同一个空间。我的脑海中浮现出前几天登山时，在路边看到的那只黄蝴蝶，它迈着纤细的小脚，在花丛中漫步。它是那么可爱，翅膀的边缘镶嵌着精致的黑色花边，当我走到它跟前时，它扇起翅膀来，一下，又一下，拍拍翅膀飞走了。我看到它往前飞，快步跟了上去，黄蝴蝶飞飞停停，似乎在等我，林子的后面，忽然出现了大片的黄色野菊，起伏着，绵延着，芳醇的香气在弥漫……

女儿就是那一只在万花丛中迷路的黄蝴蝶吗？

第二十六节　手机的风波

自从我和章腾一起开办社区卫生服务站起，他几乎从早上八点忙到晚上九点半，精湛的医术与和蔼的态度为他赢来病人的好评如潮，患者总是络绎不绝。做健康档案、打针、挂瓶、去银行、购物，甚至其他零星琐碎多由我去奔跑，我俩像两只蜜蜂忙碌个没完没了。

当我骑电动车去民生银行时，接到女儿打来的电话："妈妈，你现在有空吗？"

"什么事？"

"老师叫你到学校来。"

"我马上就去。"

本打算去银行转几笔购药款，但想到章都还没有盖，不知得折腾多久，更重要的是，赵老师万一中午下班了，如何是好？还是径直先去学校，反正转账可以在十天内完成，又没有严格的限制。

一路上，我焦虑不安，和老师说啥好呢？说孩子的思想，顺便提到女儿与我的交流对我的人生影响。女儿的某些想法确实走在我的前面，她让我明白每一个孩子都是人才，再过十来年，我们的国家交给他们了……

她说过："要是能寒暑假上课，平时休息；要是能上十分钟的课，下课五十分钟；要是能周一到周五休息，周末上课就好了。"这些是她的心里话，这些话也让我明白学校不够吸引孩子的心，可说这些有用吗？能解决问题吗？肯定不能说这些，这岂不是强词夺理，在老师面前表扬自己的孩子？分明是孩子做错事了。

告诉老师孩子毕竟太小了，才十四岁，不能离开学校，现在无论如何得让她坚持把初三读完……

想到女儿的成长，我还是有许多骄傲的，但这孩子似乎总是给我出难题……

到了学校，找到了赵老师，我向她走去，朝她打了个招呼："赵老师……"

"她告诉你什么事了吗？"

"没有。"

"你坐！"赵老师客气地谦让着。

我找了把椅子坐了下来，赵老师指了指我身后的元洁，递过来一张字条，我终于明白了元洁的手机在上课前打开看了短信，被第二个同学拿去，放到了第三个同学的桌子上，在上数学课时响了起来……

"你不是都调静音了吗？"我转过身问身后的元洁。

"我又不知道。"

这时赵老师恰接了个电话，元洁问我："她要怎么处理？"

"我怎么知道，我和你一样不知道。"我摇了摇头。

赵老师深知元洁倔强，但学校总得有个纪律，不能每一回都迁就……

聊了一会儿后，赵老师问元洁："你自己说怎么办？"

"又不是我用……"

"你既然带手机来就得自己管好，没管好就不要带来，我都说了好几回了，你已经犯了三次这种错误了。"

元洁开始申辩，话刚出口，便哭了……

"哭又没有用。"赵老师批评道。

"是生理反应！我又不想哭！"她边流泪边解释。

"手机上课响起来，是什么生理反应……"赵老师的话一出，旁边的老师们都跟着笑了。

我解释道："她是说她并不想哭，忍不住哭起来是生理反应。"

最后，赵老师几乎一锤定音："你给我保证以后不出这样的事情了，如果还出这事，手机就交给老师保管了。"

元洁在保证书中写道：一到学校就取掉电池，如果再出现类似的情况，手机就交给妈妈保管。

赵老师自然不依："你还不承认错误，就这态度……"

"我交给妈妈不是一样吗？"

"那怎么行？妈妈和老师当然不一样。"我耐心地劝她。

"我不能把手机给她，如果她看我的短信呢？"

赵老师摇了摇头："我才不会看你的短信……"

"反正不能交给她。"

赵老师站起身来："你们母女慢慢沟通吧，我去吃午饭。"

她一走，元洁动了动脸庞，几乎咬牙切齿地说："我绝对不会同意把手机交给她的，这是我的底线。"

"交给老师怎么不行？"

"大不了我不读书，反正这是我的底线。"

"交给潘老师，可以吗？"

"可以。"

我忙拨通了赵老师的电话："赵老师，今天这事发生在潘老师的课上，元洁说如果下次再出这样的事，就把手机交到潘老师的手上。"

"我是没意见，你和潘老师说一下。"

我便站在办公室的门前望着潘老师的教室，当有同学从那儿出来时，我忙走过去，他的记忆力很好，一见到我便打招呼："你是元洁的妈妈！"

"是啊，刚才你课上，那手机……"

我简单扼要地解释了两句："元洁说如果下次再发生这样的事，手机就交给你保管。"

"好的。"

"我这孩子太倔强！"

"我知道她的性格，她是只受表扬，不能批评的。"

"她喜欢你，所以……"

一切处理妥当，当我打算和赵老师说两句客套话时，元洁生气地离去，我尾随着元洁和她说上两句，道了别。继而回到赵老师处向她道个谢："赵老师，太麻烦您了，我当时真担心她初一就不读书了……"

就在这时，鼻孔滴出了四大滴的血，全都溅到了老师的桌子上，我忙直接用手指压在出血处，赵老师忙递了纸给我……

"你帮我叫一下元洁。"

元洁进来后，赵老师叫她倒水给我喝，元洁没带杯子，我对她说："去买一杯矿泉水给妈妈喝。"

赵老师擦去了桌上的血迹，去弄了一个杯子，我对她说："元洁去买水了。"

"我原以为把它洗一下，既然元洁去买水了，那就等她吧。你应该让她知道你生病了，不能尽宠着她……"

"她知道，我已经出血五六天了，所有的检查都做了，又没查出什么病来，我们夫妻俩都是医生……"

元洁拿了矿泉水进来，递给我，陪着我……

　　她扶我坐在校园的一张石椅上，我们的面前恰好有一丛蝴蝶花，一片蓝，一片白，一片金，一片粉霞，一片黑丝绒……

　　那是花瓣在颤动吗？分明是一双双蝶翅在开合，哦，这儿竟有这么多蝴蝶，我惊讶地盯着它们，一只亮丽的小花蝴蝶像在对我说：祝您早日康复！

　　我伸手过去，它羞涩地逃开了……

　　我感到有点儿失落，一只白色小蝴蝶和黄色小蝴蝶猛地交错飞起，黄蝴蝶金光闪动，白蝴蝶银光耀眼，它们不断微妙地变换队形，我的眼睛被它们迷住了。

　　女儿，你就是这只黄色的小蝴蝶吗？我就是白色的那只？不管世界如何变化，妈妈总是永远陪伴着你，你知道吗？

第二十七节 女儿给我的礼物

大家都深知儿大不由娘！这个孩子有思想、有个性、执拗，她自己想做的事总能做得很好，不想做的谁也不能让她将就！上半学期明显懂事了许多，半期考一过，又开始贪玩……唉，如果实在没车坐，还得叫章腾尽快关了店门把女儿接回来，明天是周一，她得六点起床，六点半出发，才能准时到校，电话一拨，她告诉我："我在家的楼下！"

想不到的是她竟拿出了一个彩色的极为精致的玻璃杯，递给我："妈妈！送给你，妈妈节快乐！"这是女儿第一次亲自上街主动买东西给我过母亲节，她小时候常常送我各种礼物，那时的她总是不断地画画，隔三岔五地送各种彩图给我，那时我们没有自己的屋子，吃喝拉撒都在店里，不存在三点一线，都在那个点上，女儿送的礼物多了，我们似乎不再珍惜了，随手一放，便搁在一旁，继续忙着看病、打针、挂瓶及各种琐碎。有一回，当她看到漂落到地上的画时，把嘴一撅："我以后不送礼物给你们了！"

我意识到我们无意中伤害了孩子幼小的心灵。随着孩子一天一天地长大，我渐渐地感受到了难以描绘的代沟在我们之间发生了，我越来越看不懂她的聊天记录、博文，甚至听不懂她和朋友们说的话语。偶尔我插嘴问，总能感受到孩子无声的叹息……

为了弥补这其中的沟壑，我不停地想办法填补它，细心品味女儿迷恋的一切：卡贴、明信片、洗面奶、摄影器材……

人们在歌颂妈妈的伟大付出之际，总是大声地宣扬母爱的无私。我也是一个妈妈，我只知道在女儿成长的每一天，我都在不断地得到女儿的回报，她从一个睁眼看世界的那一刻，到能开口说话，甚至是我关门的声音把她吓得一惊，都是女儿对妈妈的回报。记得那一天，我的妈妈欣慰地说了句："她吓了一跳，说明她的听力没问题！"我真切地感受到邻居的那个聋哑孩子给家庭带来的苦恼和痛苦……

女儿从听话乖巧到后来的叛逆，有思想的三年，继而蹚过那泥塘，能正视自己的人生，朝着自己的爱好和兴趣发展……

女儿在陪我人生的每一天都带给我无尽的幸福和欢乐，祝天下的妈妈快乐！更希望全天下的男男女女珍爱自己的生命，我们在为人子为人女之后必然也将为人妻为人夫，最终都必将为人父为人母，祝他人幸福快乐的同时也祝自己幸福快乐！

因为爱
生活才会如此的灿烂
有阳春白雪也有下里巴人
因为爱
人才会有无限的创造力和想象力
创造出离奇的故事和生动的人生际遇
因为爱
生命才赋予了伟大的意义与盎然的生机
人世的繁衍无不在激情演绎中传递
爱是天使的灵魂
也是人类的灵魂

第二十八节 好感动

福州的夏天总是不断承受台风的侵袭，昨天四处都湿漉漉的，整个城市像从水里打捞出来的湿毛巾，怎么也拧不干。今天一早，艳阳高照，到处可见人们晾晒棉被、衣服，甚至笋干、萝卜干……

学习成绩似乎是学生的指挥棒，女儿经过三年的叛逆期渐渐地有所好转，母女俩在晚饭后一起散步成了一天中最幸福的时光。夕阳余晖照耀着大地，路边地摊纷纷摆出，母女俩更像一对知心好朋友。我总是把自己资助的琐碎细节和女儿交谈，她也常常整理一些东西送给我，让我转送给远方的陌生人。元洁在我父母家里住时常年累月开着空调，我实在舍不得电费，我几次三番地对她说："你尽量少开空调，一个月电费得几百元，假如你大学毕业，一个月只挣三千元，根本不够自己开支，妈妈是想做大事业的人，我不会把资产留给你的，妈妈希望你能挣钱养活自己。"

"你放心，我一定会自己养活自己的。"女儿渐渐地进行了调整，她只在夏天来时才开空调，而且一开始多设定为一晚四个小时，只有非常热的一小段时间才开通宵。

有一回，她问我："妈妈，你不是打算写书吗？何时会写出来？"

"写一辈子吧。"

"永远都出不了吗？"她的话敲醒了我，我终于明白我得行动起来，计划再多，永远只是计划，只有去做才能看到成绩。

女儿因发挥不好而成绩一度下降，我没有理会分数，仍不停地鼓励女儿："这成绩挺好的！"那一次，我参加了差生家长会。

随着时光的流逝，我与女儿的交流越来越亲密，一天傍晚，她用很谨慎的态度问我："如果我这次半期考取得好成绩，你能不能买个PSP给我？"

"多少钱一个？"

"我也不知道，我可以上网查一下吗？"

过了一会儿，她说："贵的一两万元，我不会要求的。我想要的两三百元到两千元不等。"

"贵倒不贵，只是你为什么要买它呢？"

"有些动漫节目只能在它那儿才能看到，电脑里没有。"

"全班前十名或者年段前六十名？"我用探寻的口吻。

她摇了摇头，吐吐舌，表示太难。

"你以前最差的时候都有班级第十五名？"

"上次期末考了第二十五名，年级154名，老师要我定目标，一定要有进步，我就少定了一名153名。"

想到女儿这一个月来的点点滴滴，她似乎顺利地通过了叛逆期，我的心被一种难以言状的温暖包围着。毕竟成绩只是其中的一部分，我的心跳似乎停顿了下来，若无其事地安慰道："只要你好好上课，按时上学，不管考多少名，妈妈买个给你就是了。"她的双肩轻微地抽动着，我不经意地倒了杯水喝，我发现女儿双目含泪，眼圈发红，强忍着泪花。

"怎么啦？"我关切地问道，这时并没有旁人或者谁说了不中听的话语。

"有点儿感动！"随着话语的落下，泪水也溢了出来，只见她故作镇静地抽了一张纸巾擦拭。望着她，我似乎渴望说几句不痛不痒的话语，自己在张嘴的那一瞬间，嗓子像被薄雾给遮住了，泪水亦模糊了双眼，我只得端茶慢饮，装着漠不关心的样子，随后聊几句不着边际的琐碎，把这一段情感掩饰。

我端着茶杯在大厅里踱来踱去，过了一会儿，我换了个话题："伊鸿一家很喜欢我寄去的东西。"

女儿呵呵地笑着，用试探的口吻："他真的喜欢？其实我也有不少东西，送人不妥，扔了可惜，要是他们真的喜欢，我也很想寄过去。"

"等暑假再说吧，他妹妹有个女儿，和你差不多大小，应该会很喜欢你的东西，不管怎么说，也算是文化冲击。你小姑说我们小时候住在刘源，也很偏僻。其实，我毕竟是福州人，每一次回福州，我都会带一些东西回松溪，有时一包燕皮或橄榄，不只是吃吃或者尝尝，更多的是文化的冲击及全家人的欢聚！我国的国门一打开，变化很快，新鲜事物的冲击占主要原因……"

女儿故作镇静抽纸巾的动作永远浮现在我的脑海中，尤其是那句"有点儿感动"更是令我回味无穷……

第二十九节　自主招生

女儿就像一朵无名小花，不经意地开放了。女儿的学习态度渐渐端正了，两次市质检的成绩都较为理想。

她从原先的坚决不考一类校发展到渴望能提前录取，她认为一、三、附录取成绩太高了，决定参加福州高级中学的自主招生。

有人对我说："你也太宠孩子了，我的儿子很听话，我叫他怎么做他就怎么做。"

有的人深表可惜："像她这样的成绩考上一、三、附都没有问题。"

但我觉得她的选择是正确的。

一个人便是一个世界，一个人便是一页历史。

沿着她的足迹，我们可以清晰地倾听到时代前进的脚步声，可以鲜活地领略到岁月风雨的凉热，可以敏感地品味到人生奋斗的艰难和壮美。倘若说，人生是一部教科书，那么，她的一生，足以让一代人细细揣摩、咀嚼、吮吸以至于奉为典范的一部长卷，一部鸿篇巨著。

用生命编织了昨日历史的辉煌，它牵起了今天的绚烂，明天的幽远，它流过千万个孩子的心田，也流过祖国大地的春夏秋冬。

在参加考试的那一天，我陪女儿到高级中学食堂吃午餐，女儿兴奋地对着那免费的午餐拍照："冲着这样的伙食，我应该考进去！"

女儿虽只考上了高级中学，但在我的心中，却是极大的成就。许多上一、三、附的孩子肯定觉得我很可笑，与他们相比，似乎女儿全然失败了。女儿的市质检的成绩只是在两万多个考生中的二千名以内，还有那么多出类拔萃的孩子。然而，我觉得我的成功正在于女儿的叛逆，纵使在读初三，她仍拥有自己的周末，如果周末老师布置了许多作业，她便独自坐到德克士、麦当劳赶作业，一定要在周五晚上完成任务。她要充分保证自己的周末，她有许多的动漫连续剧没有欣赏，有很多的漫画书还没有品味，孩子的童年是不能复制的，也是不能弥补的。我渴望大声地呼喊："给孩子一个完整的童年吧！"在大家都认为游戏玩乐是消磨斗志的日子里，我却极度地欣赏着自己的佳作——我的宝贝女儿！在她两岁的时候，我便开始教她玩游戏，在她读小学的时候，我渴望向他人学习网络游戏以便更好地教孩子如何玩，难怪他人称我为——"神奇的妈妈"！

这些日子里，很多朋友都劝诫道："高中一定要带孩子去补课！"我发自内心地反对！我深信我的女儿只要认真听老师的课，回家按时完成作业，我只要求她成为一个普通的孩子。我对孩子的要求："妈妈希望你能及格！不管大考小考，及格绝不是六十分，就像我们考驾照，能领到证便是及格！及格只是一个台阶，最重要的是每一次开车都要小心，这才是最关键的。"

有的时候，及格与满分没有太大的分别！同是一个班的学生，不管哪一所大学，领到毕业证后，大家都是同一个水准，我们的孩子需要的是生存，我深信，任何一个生命都是探索自然的过程，都是极微不足道的。

我是妈妈的延续，女儿是我的延续，生命正因此而生生不息……

第三十节　母女俩讨价还价

　　暑假里，女儿终于可以轻轻松松地享受属于自己的时光了，我对她说："你不会把东西整理一下吗？你瞧，那床上都快堆满了，你晚上怎么睡呀？"

　　"我只要睡一边就好了。"

　　我想象着她缩在一旁的可怜相，并绘声绘色地描绘给婆婆听，全家人背着女儿忍不住笑了无数回。

　　一天傍晚，元洁和我一起在小区附近散步，元洁压低声音，很慎重地问我："妈妈，我现在参加漫展，只想到处走走、看看，不想卖那些东西了，让我拿去捐给别人，我又舍不得，你需要吗？"

　　"我得看是什么东西？"

　　"好吧，我想按进价或者更低一些卖给你。"

　　孩子的这一变化在我意料之外，但我深知自己不能用坚持就是胜利这样的语气指导她，我在人生的道路上不也为自己的人生理想和目标而不断地进行调整吗？更重要的是孩子接下来得读高中，如果她能从生意中抽出身来，未尝不是一件好事儿……

　　我拍拍她的肩膀："这说明你长大了……"

　　紧接着，母女俩一起上楼，她一样一样地挑拣出来，拿了一沓明信片，对我说："这一张一元二角。"

　　"太贵，一元钱算了。"

　　"好吧，好吧，一元钱……"当她全部数完142张时，我说："就一百四十元啦。"

　　她叹了一口气："唉！"

　　我心里暗暗好笑，接着她又拿出了几个手办："这个二十五元。"

　　我心想："你就这么一个，我也不担心。"我应道："二十五元就二十五元。"

不承想，她抱出了一包一包，每包里装着四个，我一下子便加了四百多元。

接着，她抱出一堆的卡贴："这一张三角钱。"

我深知这的确是成本价，她曾经卖两元钱一张，心想："你数吧！数晕你！"她用心地数了一叠100张，然后，把其他的也一沓一沓放好，依序排列整齐，等全部整理好时，我数了数共有16叠，总共四百八十元……接着，她又抱了一堆扇子："这一把一元八角，要不要？"

"好吧！"

当她把全部清点出来时，我又降了几元，同时笑道："这母女俩算账算得真清哟！"

元洁也开开心心地清点着……

我边聊边记账，半个小时后，我私下打了电话给高章腾，他笑了："好呀，你们好好清点。"

"估计一千多元呢。"

"一千多元就一千多元。"

她猛然间又拿了个手办过来："你要不要这个？"

"多少钱？"

"我当时也不知道怎么竟那么渴望，八十五元买来的。"

"这么贵，我不要。"

她心疼地叨了句："我可是真的花了八十多元。"

"谁让你那么傻？"

她嘟着嘴把手办放进了屋里，我笑了："你哪天看着看着生气了，扔到垃圾桶里也难说。"

"不会这样的，我还不至于讨厌它。"

当我们全部盘点完，打开计算器，竟然三千多元，我愣了愣："你打算怎么花这些钱？"

"我不是刚刚订了一个娃娃吗？"我深知那个花费了两千多元的娃娃在她心中的分量，"我打算买衣服给她穿。"

"一套衣服得多少钱？"

"有几百元的，有几十元的。"

"你现在有三千多元呢？"

"你不可能生个孩子下来，一辈子就买一件衣服给她穿吧。"

"那当然，我先给你三百多的零头，三千元欠着吧。"

"以前都是我欠你钱，现在总算你欠我了。"

不到三分钟，我便把三千元钱转到了她的支付宝中了，她笑道："老爸的一万元也实在不耐花。"

"那当然，你买手机去了两千，买娃娃又去了两千，这下转了三千元，我们自己也网购了两千多元。"

钱挣来就是花的，但要怎么花是并键，我们不能成为钱的奴隶，要让钱为我们服务。我的理念决定了我的行动，而我的言行举止又不断地向女儿传达，所以，她是我播下的种子。当然，由于生活环境、个性、人生目标等差异，我和她之间还是有一些不可逾越的差距。

我们母女俩执行AA制，很多人都觉得我非常不近人情，不仅刻薄，甚至掉到钱眼儿去了。但我不觉得，我觉得我是最爱女儿的妈妈，我不仅仅要关心十几岁的她，更渴望能让她有个安康的晚年。我只有做她的好榜样，让我的父母和公婆享受到晚年的照顾，长大后，女儿才会有一个幸福的家，她的儿女才会以她为榜样，发自内心地孝顺她，她才会有一个幸福的晚年。

母女俩讨价还价之后，我把收购到的女儿的商品装了满满三箱，随后，女儿也整理了四箱的课外书捐给我，当我把这些东西装上松溪义工联的义工车上时，我感到很欣慰：这个宝贝女儿此生到底看了多少课外书？尽管大部分是动漫，但她的文学基础比我厚实许多。

知识就是力量不能只是一句口号，应该潜移默化、深入人心。

第三十一节　考不上大学

　　女儿考上高级中学后，全家老少皆大欢喜。女儿像凯旋的将军，脸上洋溢着幸福和欢乐。她渴望的目标（不参加中考、尽快购买新手机）实现了，外公、外婆、奶奶甚至姑姑都抢着拿奖金给她，真是收获满满。

　　一天晚上，我轻声细语地道了句："元洁，妈妈对你的要求不高，只希望你考个一本就好了。"

　　我转身之际，两行心酸的泪水从她的脸颊滚了下来，她不住地抽泣，浑身颤抖，她的嘴一噘，脸拉得像黄瓜那样长："我考不上一本。"

　　"肯定考得上的，那很简单。"

　　"我真的考不上。"她发狠似的把脚一跺，那动作几乎要把地上的砖块踩成烂泥。

　　我把手搭在她的肩膀上，安慰道："一本考不上，考二本，二本考不上，考三本。"

　　高章腾道了句："现在没三本。"

　　"没三本就考大专；大专考不上，考中专；中考也考不上，就去打工。这样总可以了吧？"

　　她扑哧一声笑了起来，泪珠儿正从眼眶盈盈而出，我深知这是释放压力的泪水，更是开心的泪水……

　　泪水是女孩的调节剂，可以调节一切心情，害怕会流泪，欢喜会流泪，悲伤会流泪，感动会流泪，愁烦也会流泪。泪水并不代表脆弱，而是一种韧性，一种释放压力的方式。就像冬日里被大雪压住的青松，一层层的雪压在枝头，越压越低，松枝就会放下身子将厚厚的积雪放下，然后回归原位。流泪的女孩只是在用一种最简单的方式调整自己的状态，让自己可以很好地接受生活，很好地品味人生。

　　我始终认为教育的根本是学习知识，学习便是对一些知识的了解、熟悉、掌握的过程。学习并不只是为了应付考试。学习伴随着生命的每一天！学习也只有一天，那便是今天！把今天过好，登了一座山，看到一些风景，走过一段路，打开手机发短信，搜索一个网站，上网购物甚至参加网络游戏……都是学习！学习的最终目的是将不懂的知识变懂，将他人的知识化为己有，最终是为了解决问题，是为了更好地生存。考试绝不是最终目的，考试只是为了考查目前学到的一小部分知识的一场测试。人活着的过程便是生命发光发热的过程。所以，生命是最可贵的，教育应以尊重生命为最初根源，而不是以谋取功名利禄为追求目标。每一个孩子都是人才，每一个生命都是不可或缺的！都是独一无二的！都是不可替代的！都是值得敬畏的！

　　不管你考试得多少分，你大学毕业后面临的是工作，哪个老板会请你去帮他考试？老板雇用你是为了让你帮他挣钱。所以，我认为考试成绩不是最重要的，培养孩子如何生存才是最重要的。

第三章
高中阶段

DISANZHANG
GAOZHONGJIEDUAN

第一节　引导孩子成长

我常常整理家里的旧衣服、书本及零零星星的东西寄往边远山区。有时，箱子非常沉、非常重，我一箱一箱地挪动着，从三楼挪到一楼，搬到一起后，三个箱子叠整齐后再放在推车上，推到邮局去寄，因为寄到边远山区，通过邮局用最慢的那种会便宜许多，快递的价格有时贵出三五倍。我常常会把心里的想法与女儿交流："其实资助他人的孩子和养自己的孩子是同一个道理。有的人养了十几个孩子，等他老了，病倒在床上，没有一个孩子来到身边。而有的人只生养一两个，却能孝顺至极，这便是教育的结果。绝大多数中国妈妈是典型的全盘付出，却不能得到孩子的善意回报，她们总以为爱孩子便是给孩子一切，却不知道这样做是害了孩子。这便是种瓜得瓜、种豆得豆！我觉得人活在世上首先要好好爱自己。所以，如果爸爸妈妈真的老了，我没指望你抽空陪我去游山玩水，因为你有工作，也很忙。

"昨天有个老妇女说她儿子挣了几百万，她就是不要儿子的钱，因为她老公还能挣钱，还能卖体力活儿，我觉得她太傻了。其实收儿女的钱是真正地爱孩子，因为这是儿子该尽的孝心，只有收了这应该收的钱，孙子看在眼里，以后孙子挣钱了，才会拿钱给儿子花，这才是真正地爱儿子，你说呢？"

"我知道啦，要去做作业了，不和你闲聊了，以后慢慢说。"

每一个孩子的生命都是一段美丽的篇章，老师和孩子之间就像我们员工和老板之间，有层出不穷的矛盾，但需要沟通和更多的交流，希望孩子能在更好的环境中成长，也希望孩子能体谅老师和父母的心情，改正自己的不良习惯，更好地适应生活！

随着电脑和高科技的发展，孩子们的视野扩展得极为迅速，他们都越发地有自己的思想和观念，用原先的思想和观点去约束他们已经不适应社会发展的脚步了。我坚信元洁身上出现的问题不只是她个人的问题，是新旧矛盾的冲突，希望老师、家长和孩子之间用更和谐的摩擦来促使我们的教育良性发展。

晚上，她想上传照片，我和高章腾腾出房间的电脑给她用，任她玩耍，当我们凌晨两点多起身时，女儿仍在电脑前忙碌着，高章腾感叹道："真是玩得太痛快了，玩疯了。"

"我倒不这么认为，我觉得她有自己的目标，她今晚得把三天拍的照片上传到空间自有她的理由，我觉得这本身是她努力学习的目标。这孩子有许多可取之处，她的眼光还是不错的，她进的货竟然卖得出去，不管怎么说，把向我借的钱都还了，虽说收了张假钞，但也是有收获的！我当时还以为她进的货全是垃圾！我们平时并没有给她零花钱，拖地板十元，洗碗五元，她做得并不多，她天天外出去玩，一天两餐都在外面吃，自己能挣得到吃饭和各种零花钱，还是挺厉害的！"

妈妈总是一味地指责我："你从不管孩子，就这么任她野！"

其实我也花了不少精力在孩子身上，我随时把自己当作一种不存在，让孩子自己去生存，这本身也是一种教育！妈妈怎么能体会到我的心境呢？

次日一早，当我们起床时："女儿去哪儿了？没在房间。"

我也着实吓了一跳，才六点多，她就不见了，昨晚两点多在网上遇到了什么？当我们正惊异之际，终于发现她躺在了沙发上。她昨晚忙得太迟了，连洗澡的精力都没有，直接躺在了沙发上……

等我们去上班后，她又出门了……

晚上九点多，我打电话给女儿，没人接，打电话回家，也没有反应，不知孩子去哪儿了？只知道她一整天和同学们一起在边边家给边边过生日！可边边的手机也没人接，急归急，还得按着正常生活进行，当我们进家门时，女儿一个人坐在大厅电脑前发微博。

我很恼火，尽可能把语气调整得温和一些："你怎么不接电话？"

她慢条斯理地回答道："哦，我把手机扔在房间了，没听到。"

"家里的电话也被你拔了？"

"是呀！"

"老爸从QQ上发信息给你，你也不回？"

"我根本就没登QQ。"

……

如果是其他家长也许会劈头盖脸地骂孩子，但我保持了沉默。我是个放不住心思的人，我没法做到像她那样随心所欲。我发自内心地欣赏孩子的这种性格：

能排除一切干扰的人必是成大事者！我是这么认为的，我就是常常太在意他人的想法或看法，才不能尽情地享受人世间的许多快乐。只要他人有所求，我总是放下一切去陪同，而不能像女儿那样抛弃。尽管我深知放弃也是一种智慧的选择，但我没法做到。当你牢牢地抓着手心时，啥也抓不住，放开手掌，世界在你的手中……

而她，她想自己做些事或者专心看动漫，总是把电话拔了，手机扔到一边，我行我素，自行其是……

许多人觉得这样不对，但人生哪可能面面俱到？如今随着朋友的增加，亲朋好友的倍增，我已经没法再像曾经那样热情地接待每一个朋友，但火热的爱仍在心底滋长……

我们明知许多担忧是多余的，但当我们在围城中却不得不徒增烦恼时，该发生的事照样发生，绝不会因为我们的担忧而改变。我们和孩子又有什么区别呢？我们很明白这是因为我们并没有完完全全读懂人生。我自以为自己读懂了，其实人都有七情六欲，人生就像一个谜，直路、弯路、歧路……引诱着你，支配着你，所以时时刻刻都需要我们用理智去选择它。有这么一句话："上帝为每个人发牌，你只能尽自己最大努力玩好自己的牌。"我们每个人都得尽可能地玩好自己手中的牌，当你面对难题时，如果你期待能拨云见日，并能乐观以待，事情最后终将如你所愿，因为好运总是站在积极思想者一边。一个积极思考者，心中常能存有光明的远景，即使身陷困厄，也能以愉悦创造性的态度走出困境，迎向光明。

人不能够通过意志直接控制自己的情绪，但是人可以抛开情绪，积极有效地采取行动，情绪自然就平稳下来。因此，如果你正感到内心痛苦，与其坐等痛苦消失，不如拿起扫帚，打扫一下室内卫生。这便促你走向成功！

成功并不能用名望及财富来衡量，真正的成功意味着自我价值的体现——一种对自己及对自己所做工作的良好感觉，不管自己是多么碌碌无为，我们都要脚踏实地一步一个脚印地往前走……

第二节　资助生涯的进展

女儿不肯住宿，在她报考高中时，我们便答应了在学校附近租一套房子。现在许多家庭为了孩子读书都是耗费巨资，尽最大努力去付出。我认为最重要的是要让孩子每天安全回家，至于吃饭读书，我倒不用操心，这本就是孩子自己的事。

一天晚上，元洁一进家门便把奖状递给我："妈妈，你知道这有多少奖金？"

我用试探的口吻问道："一百元？"

"校长说三千元。"

"这么多？宝贝，你太厉害了！"

当夫妻俩上床时，我仍忍不住地嬉笑一番："人呀，就是这么违心，说什么要素质教育，不要争名次，当得知女儿得全校第一名时，就只看到成绩而忘记素质教育了！"

自从女儿获得一等奖学金之后，我从中受到了莫大的启发，我渴望在一些边远山区开设奖学金。于是，我在甘肃省民乐县的一所小学开设了奖学金，它带给我莫大的幸福和欢乐。于是，我的资助生涯开始转型，从原来的捐款给个人渐渐地转向奖学金，我每每把其中的收获与女儿分享。

后来，我在感恩福建的爱心书屋中获得启示，于是，我渴望在乡下开设爱心书屋。第一家书屋开设后，书架上仅有一百多本书，女儿得知后，整理了一百多本动漫书送给我，同时赶到好朋友家里又整理了一堆课外读物，让高章腾开车去取，女儿忙前忙后，欢乐无比。

我常常会把人生过程中的得失感悟与她交流，记得有一回，我与女儿说："温暖的家并不需要很宽敞，香车宝石与幸福并不成正比，我们住的地方只要一套房，睡觉只需一张床。"

女儿笑了："我们有三套房子，而现在住的是最差的，而且还是租来的。"

"妈妈总是用爱来滋养你，你长大后也会成为有爱心的人！一个人只有不断地去付出，不断地播撒爱的种子，才可能结出丰硕的果实！"

第二个书屋开设后，自然更是缺书，女儿得知后，建议我上网购一些便宜的，我哪会呀，女儿趁着空闲，便上了孔夫子旧书网，购买实用的图书……

女儿用询问的语气问我："妈妈，如果能买五百多元书，就免运费，如果买的书不足五百元便需要运费，你要吗？"

"要呀！"

时光如梭，又过了些日子，有一天，女儿对我说："妈妈，我捐一百元钱给奖学金。"

"你哪来的钱？"

"一个老板需要做广告，我和朋友帮他们拍照，原先说好每人三百元，等我们拍好后，那个老板很高兴，就给我们每人五百元。"

一股香味儿扑鼻而来，只见不远处朵朵兰花都像一串串五彩缤纷的风铃在风中摇晃着，它们似乎侧耳倾听我们母女俩的悄悄话，好似那清脆的悦耳的铃声在风中传送过来。它们争奇斗艳，散发着浓浓的香味……

"妈妈，你看……"

只见有的兰花倒挂在枝头，有的兰花斜插枝头，有的好像是一对母女在诉说心语，有的像蝴蝶面对蓝天振翅欲飞……

它们似乎在说："感谢生命的赠予，我拥有了整个世界……"

此生，女儿是我的知音，她不只是个小棉袄，更是我人生路上不可缺失的好伙伴！

第三节　名次下降

　　成绩似乎是孩子们学习最重要的指挥棒，每半个学期，学校都要将前100名学生的名次及分数张贴在光荣榜上。如今读高二的女儿已经上不了光荣榜了，按分数来排，她仅120多名，她是在退步吗？

　　不，我没觉得她退步了，我仍觉得她在不断地进步。

　　这也许是我与他人眼光的不同之处吧！

　　每一天，我们都会学到新的知识，我们都要接受新的考验，这一年多来，女儿得接受多少新鲜事物，如果拿现在高二的考卷给刚升入高中的女儿考，也许她连三十分都达不到。这话你也许不信，但如果你拿着高二年段的考卷给高一的学生考，看看能考几分。

　　倘若你在考前半个月进行复习，那么，你拿着高一的试卷给高二的孩子们考，我相信大部分孩子的成绩应该还是过得去的。反之却难……

　　这便是进步！

　　我们常常盯着名次，好像名次一掉，这孩子就退步了……

　　小学一年级的孩子们每天背着沉甸甸的书包，犹如参加大型旅游，有必要吗？

　　我认为小学生完全可以不布置作业，而家长们倒是应该坐下来看书。身为父母本应进行岗位培训，获得资格后才能为人父为人母。只有做父母的喜欢看书，他们才真正有资格做父母，因为榜样的力量是无穷的！

　　表妹对我说："如果你女儿考上清华，姐姐，你的教育就成功了，你写的有关这方面的文字就会受到重视。"

　　我当时便笑了，没说话。我对女儿说："她这样理解就错了。我认为成功是懂得把日子过好，成功是在付出的过程中不断地享受幸福和欢乐，成功是一辈子的事情，而不是考上清华或北大。"

是高章腾的自信和不断的鼓励影响了我的一生，我也成了一个自信的女人。

正在这时，突然一闪，停电了，一片漆黑，女儿不停地问我她写的东西会不会丢了，我没把握，告诉她应该会丢，我不住地拍着她的肩膀劝她："以后得记住保存。"我拿着手机，打开亮光找手电筒，幸运的是房东不仅留了蜡烛，还留下了火柴，我点着了蜡烛。恰在此时，高章腾回家了，见女儿不停地哭泣，女儿强烈要求用手机登上电脑查一下到底作文是否还在，高章腾答道："你自己的手机不行吗？"

"我的手机网速太慢。"

"我的也不快。"

恰恰这时来电了，女儿便打开电脑查找，幸亏没有丢，都在，我道了句："她还要背英语。"高章腾鄙视了一眼，随后责备道："一整天在家里，连作业都没做完。"

我忙低声劝道："不要这么说孩子，她在家做了一整天的作业，只玩了一个小时，她想把十一黄金周的作业都做完，后天出去玩，可以玩得痛快一些。"

女儿发怒了，我们连忙不说话了，很快洗漱完毕上床睡了，任女儿自己安排。

女儿那次周末恰逢假期，外出旅游三天，回来后，只能裸考，也就是说不复习的参加考试。后来，女儿告诉我："考十几分钟，便睡着了，醒后再考，反复几次。"

可见，她去玩的时候耗费了多少精力呀！

我国的父母从来都是最伟大的父母，为儿女做了一件又一件力所能及之事，甚至存了一笔巨款给孩子。我也是女儿的妈妈，我也渴望把资产留给女儿，我对女儿说："我万一死了，你一定要记住我的博客密码哟，我的日记将是一笔宝贵的财富，钱都买不到哟。"

同时，我渴望为女儿营造充满爱和欢乐的氛围，这样，女儿的子孙后代才会更加幸福！

我不知道自己能做多少，但我相信有爱的人生总是美丽的！有爱的过程也是幸福的！

我是个全科主治医师，这是我写的第三本小说，我在六所小学发放过奖学金，我组建了爱心团队，在全国开设了几十个爱心书屋，很多人惊讶地问我："你哪来的时间和精力？"我认为行动起来是首要的。我前年春节回松溪过年时，带了一小箱的书想建爱心书屋，很多人嘲笑我，得到表弟媳一家的支持后，他们去弄旧书架，表姐表妹们帮我去筹书，一年过去后，那个书架上筹到了近千本图书，给孩子们带来了极大的幸福和欢乐，有路过的朋友得知后还专程带孩子到他家看书，也有一些爱心人士特地送书过去。

人生就像澎湃的大海，当一个又一个巨浪拍打着堤岸，那饱经风霜的泥石记录下了大海的历史。而你是否知道，山脉经过多少年代经历多少锤炼，才有了现在的连绵；大洋又是由多少江河湖海的汇聚，才有了今天的澎湃！我深知自己是幸福快乐的，不仅有个爱我的老公，有个聪慧懂事的女儿，还有一群亲朋好友与我和谐相处，倾心托扶着我成长。

人生如梦，记忆如沙，岁月无痕。女儿，你的人生默默无闻也好，色彩斑斓也罢，我最渴望的便是你能够开心和快乐！我深知大多数人的一生都是悄无声息地穿梭于世间，既会欣喜雀跃，也会黯然神伤。女儿，你像骆驼一样任劳任怨，也像狮子那样敢于拼搏，更像婴儿一样纯朴和温情！我的宝贝女儿，此生，我们有幸成为一对母女，是上苍对我们的厚爱！

第四节　向日葵

在闲暇无聊时，我会试着上网搜一下许久没联系的同学，或者身边某个朋友的名字。有一天，我试着上网搜女儿的名字，想不到在美化榕城的摄影展中，看到了鼓励奖中有她的名字，我不能确信到底是不是她，等她回到家，我用试探的口吻问她，她惊讶道："你怎么知道？"我打开网站给她看，她点了点头。只要孩子有一点点的进步便是做父母最大的快乐。女儿不为荣誉所动的这一点非常值得我学习，我做不到像她这么低调。不久，我看到她的文章，便悄悄地收藏了起来：

一望无际的花海，仿佛人间仙境，坐落于仓山区，为本足够堪称胜地的区域再添一笔光彩。而这所公园，正是以此为傲，取名为花海。

置身于花海公园中，眼眸不仅会被争奇斗艳的百花所填充，彩蝶纷飞、蜜蜂起舞景皆会齐齐上映，令你目不暇接。且你甚至不必刻意去深吸一口气，一阵阵幽香也自然会蹿入你的鼻间，令你的嗅觉沉醉。

然而纵使花海公园拥有成百上千你知晓或是从未听闻过的花朵，也比不上那夺人眼球的金色海洋——向日葵海。这朵朵向阳而开的花，开起来就像阳光般灿烂，颜色里饱含着阳光的味道，那姿态更如骄阳般傲然。它们绽放着，舒展着金黄色的花瓣，那一片又一片的金黄，恰似浴火而出的凤凰，仿佛时刻会腾飞而起！

微风拂过，掀起了金灿灿的波澜，那景色之壮观可不是海面波涛汹涌可以比拟的，也不是阳光洒在树林间的场景可以相提并论的。风逝，向日葵轻微摇摆了下身躯，又投入到朝阳而笑的工作中去，阳光也在向向日葵间跃动，两者相互依存，把彼此照耀得更加惊艳！

随着时间的迁移，硕大的翠绿色蕊上逐渐冒出一颗颗葵花籽，密密麻麻，紧紧相挨着，宛若挤满文字的作文纸，争先恐后地诉说着各自走过的历程，望着它们，我似乎也变成了一颗小小的葵花籽，身旁簇拥着许许多多的同学，有的与我倾心相诉，有的与我携手并肩，有的与我推杯换盏，有的与我交流心得，有的与我相拥相抱，一阵细细碎碎的喷泉从天而降，我们如饥似渴地汲取着泉水的甘甜，猛然间，天阴沉了下来，雨水从天而降，人们嬉笑着奔往屋檐下，有的撑起了雨伞……

过了一阵，雨停了，太阳出来了，天放亮了，向日葵都把脸转向了太阳，一朵朵似乎更加妖艳，我不由得忆起司马光说过的话："更无柳絮因风起，惟有葵花向日倾。"葵花是忠诚坚强的，日日夜夜不知疲倦地追寻着太阳，永远向往着光明，未曾有丝毫的动摇……

女儿是我此生的骄傲，更是我的知音，在我人生遇到困惑时，我总会用心与她交流，与她携手共进。

走在这条人生路上，脚印深浅不一，人生的道路上一定有不少的坑坑洼洼，一定会遇到黑暗和阴霾，我渴望像那一朵朵的葵花，不管遇到任何的艰难险境，我都要朝着自己的目标前行，因为太阳在前方向我招手！！！

人生看的是书，读的却是世界；沏的是茶，尝的却是生活；斟的是酒，品的却是艰辛。人生就像一张有去无回的单程票，没有彩排，每一场都是现场直播，把握好每次演出便是最好的珍惜。世界没有悲剧和喜剧之分，如果你能从悲剧中走出来，那就是喜剧，如果你沉湎于喜剧之中，那它就是悲剧。如果你只是等待，发生的事情只会使你变老了。人生的意义不在于拿一手好牌，而在于打好一手坏牌。

花儿不必只想着为谁开放，完全可以为自己开放；世界不为他人存在，也可以为自己存在。花未全开，月未全圆，这是人间最好的境界。花一旦全开，马上就要凋谢了，月一旦全圆，马上就要缺损了。而未全开未全圆，仍使我们的心有所期待，有所憧憬。

人生正是月有阴晴圆缺……

第五节　装修新房

在女儿读高二时，我们家在郊区买了套别墅，准备装修，可女儿不时地有各种问题，比如：地板选什么颜色，大厅如何布置，窗帘选什么图案……她的问题层出不穷，令我万分纠结，我根本无法解答她提出的各种问题。我本就是一个对生活非常随意的人，我考虑了许久，便对她说："我让你自己与设计师联系，你自己找图案安排，好吗？"

从此，女儿便开始忙碌起来，过了些日子，她把选择的效果图发给了设计师，设计师惊叹道："你女儿的眼光很好嘛！只是太贵了，这装修下来得一百多万元！"

"这么贵？我可付不起，怎么办？"我纠结不已，不住地劝女儿再找其他的图案，可女儿却没看上其他的。

设计师很内行地进行了测算，对元洁说："你选的是欧式，太贵。我们可以稍作调整，把它简化一些，最终效果基本都在，可以吗？这样，可以便宜许多，五六十万元就好了。"

这比我原先计划的多十万元左右，但我认为很值得，这是孩子的成长过程。当时，我把这些发到博客日记上去，便引来一些朋友的指责："这么大的事情让一个孩子安排？"我觉得她已经十七岁了，武则天十五岁不就进宫了吗？

随后，装修全过程的购买材料，女儿都参与，我看得上的都不令她满意，我也省了心，倒是章腾辛苦了许多，因为女儿选材料比我挑剔多了，而且她的时间紧迫，总要安排到她有空，章腾特地开车陪她，一会儿奔到装修公司，一会儿奔到石材店，一会儿又赶往玻璃店……

经过几个月的折腾，房子总算渐渐地装修起来了。别墅装修好后，有很多地方不尽如人意，不是女儿的问题，是装修公司不负责造成的。阳光房开始漏水，而下水道偏偏堵了，水下不去。正是不该漏的地方漏了，该漏的都不会漏！纱窗装得太高，余下二十厘米暴露无遗，窗帘布与我们当时挑选的全然两样，当时，装修公司曾说："先挑个意向，以后还会与你们联系，再确定。"可后来再也没有联系过，竟然安装了，而且是装得乱七八糟的，等全部装完后，大厅里还有一堆的窗帘布，我便打电话给他们。这时，他们发现剩下很多的窗帘布，连忙来取，承认装错了，正是有合算从不吃亏。又补了两块无法挂上去的窗帘布。元洁责备我："都是妈妈挑的，我挑的去哪儿？""哪是我挑的？时间都过了半年多，我也不记得了，当时，我和设计师说全部按女儿说的做。"望着她纠结和痛苦，我宽慰道："窗帘布多一两块也没关系，我们也有去处，妈妈支持你的摄影爱好。"女儿得知后自然欣喜若狂，又网购了些窗纱，倒也便宜，只花了三百多元。

　　三层半的别墅，几乎全是女儿的地盘，地下室原本就给她用，她安排成她自己用的摄影棚，像摄影室里那样，挂着红布、白布、蓝布、黄布……二楼她住一间，婆婆一间，婆婆根本不来住。三楼是我的卧室，另一间是阳光房，也就是书屋，原先我计划买张桌子放进书屋的，可女儿说："妈妈，我常常要在这儿拍照，如果你放了桌子，我没法拍照，怎么办？"我只好委屈地把桌子安到自己的卧室里，女儿常常到我的屋子里做作业读书，毕竟她即将高考，她当然是全家的重中之重，不容置疑……

第六节　做了一次导演

"老爸，我想拍一些东西，帮我找些景点。"

章腾如数家珍："天龙将军山生态园、灵济宫碑、金水湖度假娱乐山城、龙泉山庄……"

女儿不住地摇头。

我插嘴道："上次我们去的三叠井森林公园，那儿崖壑幽深，潭碧山青，林木蓊郁，充满浓郁的原始风貌。景区内景色很美，有深潭飞瀑，怪石峻岩，奇树古藤，异草香花，有雷霆万钧的象鼻瀑布、鸳鸯瀑布，神妙莫测的仙字潭、天书岩，惟妙惟肖的万寿龟……"

女儿摇头反对。

"你想要什么样的地方？"章腾和蔼地问道。

"和上次那儿差不多，但不是那儿。"

"上次是寿山石文化旅游区还是昙石山？"我急切地问她。

章腾思虑良久："就是上回和你一起迷路的那个地方吗？"

元洁点了点头。

于是，章腾驾车带我们一同前往，章腾总是把我们带到无人烟的地方，有时一座荒山野岭，有时一片沼泽地，有时一大片菜地……一处又一处寻找，经过三天的折腾，终于选择了几个拍摄地点。

元洁对我们说："有十一个女生一起参加这场摄影，我们一起聘请了一个专业摄影师。大家一起分摊费用。"

"你们还是让摄影师去住宾馆比较好，他毕竟是个男同志。"

第一天在青红酒的基地宏盛酒业公司拍照……

154

　　一进酒厂，我们便看到到处都是排列得整整齐齐的酒坛，轰鸣的机器在不停地运转，一个又一个员工穿着雪白的工作服，戴着口罩、帽子在不停地忙碌。

　　青红酒的许老板让我们直接到射箭处拍照，为了接元洁的朋友们，我们提前到了拍照点。女生们接二连三前来，有的背着沉重的包，有的提着可推动的皮箱，有的戴着五彩的帽子，一一到来之后，她们开始取出各自的兵器，有长剑、短刀、长枪、戟……

　　元洁拿着一根短棒，对她们说："你站在中间，他们五个小怪围住你，你把武器往前伸，一记天击挑飞这些小怪冲出包围，然后反手一记横扫，左劈右砍。"最后又补充一句："注意安全，这些动作点到为止，你们先练习一下，尽可能把动作做标准，来，我们今天先拍一部分，明天去其他场地还有其他任务。"

　　艳阳高照，我们都只穿短袖或短裙，撑着太阳伞在远方看她们，她们个个穿着古装戏中的长衣长衫，像仙女在空中翩翩起舞，个个面颊潮红，汗流浃背……

　　晚上六点半，章腾驾车到火车站北广场接回摄影师。许老板准备了一桌子的饭菜，大家围着桌子坐得满满的，一个女孩子兴奋地道了句："好大的螃蟹。"许老板打开一瓶青红酒："这正是食蟹有道，妙配青红。青红酒中的酒精可以除腥，特有的甜味儿可以增鲜。所以，螃蟹的鲜腥与青红酒的甘甜醇香乃是绝配。"

　　章腾拒绝喝酒，指着我，解释道："我是个医生，我深知青红酒是以稻米为主要原料，以红曲为主要糖化发酵剂酿造而成。能抗氧化、降血压、降胆固醇，从而具有保护心脏以及增强血液循环系统的正常功效。可我得开车，让她替我喝吧。"

　　接着，大家轻松愉快地闲聊了起来，摄影师惊讶地问元洁："你怎么知道我的？一般的人聊一两句，我没当回事。你真有诚意，留言一堆。"

　　……

　　次日，当我和章腾下班回家时，深知孩子们全去场地拍照了，我们吃过午饭，朝他们的场地走去。

　　沿着闽江边，向污泥地行走："为什么选这样的地方？"我有些埋怨。

　　"元洁就是要找这种地方，没有其他人打扰，也符合她们想拍的场景。"

　　当我们走到那儿，他们正在拍照：只见一只带毒的绿蜘蛛，从石头后突然蹿出来，直朝苏沐橙扑过去。然后叶修向前一跳，提矛挺上，对着绿蜘蛛一通狂刺……

在叶修挥出千机伞时，伞面竟然忽地打开，而且开得十分夸张，伞面、伞骨竟然直接逆翻上去，在伞尖收束并拢时，摄影师"咔嚓"拍下了精彩的一幕。

我深知《全职高手》中，处处是险情，步步是惊心，但更令孩子们深迷的是技巧，他们不仅在学习直刺、横劈、竖砍、上挑、走位、翻滚、跳跃，还要学神枪手的浮空弹、机械师的机械追踪、魔剑士的地裂波动剑、柔道的背摔、忍者的手里剑、剑客的格挡……在这场活动中，元洁是导演，十八岁的她能够组织这样一场活动，我为她感到骄傲。我渴望她能好好地安排自己的人生，成为她自己人生舞台的导演。

第七节 爱心团队

这十几年来，我从一个默默无闻走在公益之路上的爱心人士，逐渐加入到各个爱心团队，远的如西藏甘肃，近的如感恩福建、松溪义工联，每一个团队都有自己的主导，有自己的核心项目，爱心的初始原本只有爱！

说实在的，我与任何一个团队所做的慈善有所不同，我没法踏足到各个地方去考证，我只能用心去触摸心，有时，也会摸错了。这不仅为我的文学创作积累素材，而且还能促进我不断反思，从中弥补自己的缺失。

在慈善生涯中，每一个团队都有自己的重点：有的救助大病，有的助学，有的助困，有的助盲……如果把慈善比作一口水井，井深十米，目前我国的慈善只做了一米，还有九米有待于去挖掘。在这样的一条路上，我摔倒爬起，再摔倒再爬起，我深知自己一定会摸索出一条属于自己的人生之路。

几乎所有的爱心团队都要拍照，将心比心，如果我是个受助的孩子，我肯定是对拍照反感的。更何况皇帝都有几门子穷亲戚呢？我们不仅要帮助陌生的贫困家庭，更要帮助身边的亲人，我们是在国家的好政策下先富起来的一部分人，我们应该伸出友爱之手来帮助更多的亲朋好友，带动大家一起走向共同富裕。

我深知海纳百川，有容乃大。只要有心加入，不管是捐物还是捐款，都是对我们的肯定和支持。我认为现在捐衣服已经不再适应社会的发展了，那将耗费太多的精力和体力，同时效益很低，我们只需把自己的旧衣服捐一部分给贫困的家庭足矣，我们应该在有限的经济能力下把资助做得更好。俗话说"救急不救穷"，所以，我们要尽力做救急之事。

同时我认为贫穷非常重要的原因是心灵的枯竭。思想理念的缺失导致行为缺乏前行的目标。我渴望改变贫穷，但我深知十年树木，百年树人，我的目标是真正地引导孩子们自己去努力创造美好的未来。

我认为我们所做的事情是让他们感受到爱、感受到温暖，让他们自己发自内心地去努力，这才是最重要的！这也是我渴望做的！所以，我要做的便是授人以渔。

在这条路上，我们刚刚起步，肯定有许多的不足。如果我们手上有闲书，或者说有人得知我们做这些会捐一些书来，那就太好了，可以增加我们的资源，使我们做得更好，拓展得更宽、更广！

我们的理念是不拍照，把受助的家庭成员当作自己的亲人，这是唐荷爱心团队与任何团队不同的地方。

我们每一个人先做大做强自己，做力所能及之事，不张扬，不争名利，只为付出爱而完善自己，这也是我们的特色。我们不直接收受他人的捐款，若有人想捐款给某个受助者，我们负责帮助转交，绝不私吞一分一毫！我们愿意为更多的人搭起爱的桥梁，达到资源的更大利用。

唐荷爱心团队起步时是搭建框架，我们的队友波及全国各地，没法像其他爱心团队那样，我们需要其他团队搭建的平台，我们从中寻找合适的资助对象，悄悄地结对子，以达到真正地帮助他人快乐自己。也就是每一个人既可以是唐荷爱心团队的一员，又可以是其他团队的成员，我只是通过自己十几年的公益活动得出的这些感悟。

我的小说《半枫荷》印了六千本，当初便是渴望周围的亲朋好友能以书换书，这样，我们就能收到更多其他的杂志或书本。

我们给予的只是一份关心，生活要靠他们自己去奋斗。

第八节　写给十八岁女儿的信

我的宝贝女儿：

　　随着新年的到来，你真正地长大了，这是一个非常有意义的日子，我恍然惊觉，原先那天真、娇弱、稚嫩的小女孩，而今已是一个亭亭玉立的花季少女了。随着时间的流逝，花开花又谢，我的女儿也悄悄地长大了。如今，你就是成年人了，足足十八周岁，爸爸妈妈想在这里和你说几句知心话。

　　在你的成长过程中，爸爸妈妈总是给予你更多独立思考的空间，培养你独立处理事务的能力。因为，爸爸妈妈知道，人生的道路极其漫长，在你今后的成长道路上，会遇到许多意想不到的事情。透过你纯净的目光，也许你会发现许多新奇，也许你会遭遇许多困难，遭受许多挫折，也许你会收获许多幸福。无论你将来遇到的是什么，你都应该从容镇定，充满自信。因为你自己才是你人生舞台的编导。当然，在你的身后，站立着你的爸爸妈妈，我们永远都是你最坚强的后盾，我们关注的目光，永远都不会离开你的身影。你每迈出一步，我们都会深深地为你祝福，愿我们的祝福，化作缕缕柔和的阳光，照亮你前行的路程。

　　离高考还有一百多天，时光匆匆，爸爸妈妈从没有渴望你把高考当作目标，因为它不可能是永远的目标，这犹如登山，你在人生过程中可能会登上一座海拔八千米的山，高考这座山可能有两千米，如果你登上去了，那么，在未来的日子里，你只需再登六千米，而如果你没有登好这座小山，你今后得从零开始，以后要登上八千米就非常困难。你现在正处在吸收知识、掌握知识的黄金时期，也是人生的非常时期。这个时期的主要任务是学习知识、培养能力，为未来的人生打好坚实的基础。爸爸妈妈希望你能珍惜现在的黄金阶段，集中精力，好好学习，全力以赴，把所有的精力投入到学习中去。高考不只是考上一所大学，更重要的是将为你展开更大的人生舞台，会让你结识更多的朋友，从一个人的朋友圈便能看到他今后的方向和前景！我深知学习的艰辛，我更知道你纯真美丽、气质高雅、乖巧懂事、学习用功。因为有了你，爸爸妈妈的生命才更加有意义，因为有了你，我们富甲天下，快乐无比！我亲爱的女儿，今生我们能成为父女、母女，是爸爸妈妈一生中最大的幸福与快乐！来生，爸爸妈妈还愿我们成为一家人，再轻轻摇着你，为你哼唱《摇篮曲》哄你入睡，再让你骑在爸爸的双肩，牵着妈妈的手，再带着你去武夷山拍照，再和你去海边捡拾贝壳。

　　无数祝福，无数牵挂，几多关注，几许慈爱，在我们的指间汩汩流淌。我们的宝贝女儿，爸爸妈妈用微笑与关注为你铺就了这条温馨的爱之小路，就沿着我们柔和的目光，大胆往前走吧！愿这份爱伴着晨曦与你一同起步！

永远爱你的爸爸妈妈
写于2017年元旦

　　女儿收到信后，回复道："好的"，并且发来拥抱的表情。

第九节　百日攻坚战

高考百日攻坚战的号召接二连三地到来的日子里，老师们费尽心机，女儿的学长们拍来一张又一张的美颜制作成连续播放的图片，他们用自己的心声呼唤着：

"你所受过的苦，都将照亮你前行的路；你所流过的泪，都将化作渡你的河；你所走的每一步，都将是你的万里；岁月不曾放弃我们，我们亦不能辜负岁月，灿烂就近在眼前，迎接明天的曙光吧！衷心祝愿所有的学弟学妹们，在高考中一举夺魁，榜上有名，考上心中理想的大学。"

"不知晓你们收到祝福时，距离高考还有多少天。真心希望大家都能拼尽全力，珍惜每分每秒，不留遗憾，别让以后的自己后悔，加油！在吉隆坡为你助威！"

"首先祝福2017届的学弟学妹们在考场上发挥超常，金榜题名！高考真的是一场艰巨的战争。但坚持到最后，迎接你的就是大学啦！所以，为了大学的美好生活，尽自己最大的努力，不要留有遗憾！"

"思你所做，做你所想，立刻行动，不论何时都为时不晚。只要相信就一定会拥有力量。高考加油，在上海等你！"

"对2017高考考生：时间对于你们来说，已不足百日，你们当中有一部分人觉得自己已经无回天之力了，不想垂死挣扎了。但这世界上总会有奇迹发生，你没有努力到最后一秒，就不会知晓结果是什么样子的。如果你觉得自己什么都不会，不妨先定个小目标，学好自己想学的，感兴趣的，掌握比较充分的知识点或学科。分数就是这样一点一点积累起来的。没有人一下子可以拿满分，所谓阳光总在风雨后，不经磨炼怎见彩虹，学弟学妹们，相信自己，你们是最好的。拼搏吧，为这藏着喜怒哀乐的三年画一个句号，Fighting！"

望着这些铺天盖地的战前准备，我感到莫名的压力，像块巨大的山峰压在我的心口上，我渴望突破这种压抑感，恰好来了个朋友，她常常向我求教一些生活上的琐碎，每一回，都会有所收获。这一天，她来我家玩，顺便帮我打扫卫生，我真的是幸福感满满。

"我老公刚刚结婚时，挺勤快的，到我家都会帮忙做事情。可现在啥也不愿意做。"她一边扫地一边问。

我正洗着碗："你到婆婆家做事情了吗？"

"人家说不能在婆婆家做事，会做习惯的。所以，我从来都没有做。"

"那些全都是唯恐天下不乱之人。在这个世界上，夫妻是最亲的，既然是最亲，当然就得帮老公分担忧愁。别人说的那些乱七八糟的话全是费话。你不帮婆婆家做事，却指望老公到你父母家里做牛做马，哪个男人受得了？"

"我还有一个问题请教你一下。前几天我买了一件衣服给我的爸爸穿，我老公不高兴，我们俩又争吵了起来。"

"那你帮你公公买了吗？"

"那么便宜的衣服为什么要帮公公买？"

"这就是你的不对了。如果你主动先买给公公，你老公肯定不会反对，随后再买给自己的爸爸，老公怎么可能有意见呢？在这个世界上，夫妻才是最亲的！"

……

那天下午，她与我聊了许多的琐碎，她惊讶地问我："像你的经济条件，完全可以请个钟点工来，为什么要自己做这些事情？"

"我的老公不同意请钟点工。"

"一直以来，我都以为在你家里你说了算，真想不到，你会听老公的指挥。"

"夫妻嘛，想法不可能全都一致，去年，我想请钟点工，他总是有各种理由。今年，我只上半天班，我就更不好意思提出来了。再说，家里的钱就那么多，我又爱做慈善，老公既然不同意，我也可以把这省下来的钱捐给更需要的人。而且，如果我提出做卫生时，老公也会主动帮忙，女儿在家也会做力所能及的事，我们一个人做一部分，也不觉得太辛苦。只是没法像其他人那样，每天做卫生，我一个月才整理一两次。"

当她离去后，我便把两个人聊天的内容与女儿分析。

"妈妈，你为什么把她当作朋友？"

"海纳百川，有容乃大。她正是因为困惑来找我的，我怎么能不理她呢？"

女儿点了点头。

"很多人认为我对你是放养式教育，根本不管你。我认为完全不是这么回事儿，我的原则和他们的原则不同。像昨天，你出门时，撕了牛奶吸管的塑料，把它递给我，我就一直抓着，实在没地方扔，就把它放进自己的包里，这便是素质。我们家里人都很注意这些细节。自己的家，要是不小心把垃圾掉到地上，我反而不在意。可在公共场所，那是我们的大家园，没有大家哪有小家。"

一直以来，我认为处理日常生活能力的教育比考上名牌大学重要十倍、百倍，只要有空闲，我都会用心与女儿交流这些感悟，希望这些思想能引导女儿更好地前行！学到的知识有所欠缺，成人后再慢慢补充，而品德的教育是一辈子的事，尤其是夫妻关系，如果处理不好就像一颗炸弹，随时会把自己炸伤。

第十节　高考的脚步声

　　高考的脚步声越来越近了，我深知高考只是一场对知识的检测。我认为，如果说学习是盖一座高楼，高考就是最好的封顶。一座高楼的搭盖，不仅要有一个坚实的地基，在搭盖的整个过程都需要较结实的原材料。只有所有的环节都承受得住检验，才能考出好成绩。而成绩优异的孩子如果考砸了，那就是在房子封顶的那一天刚好遇到大雨倾盆，正常施工没法进行，只能推后。要封好顶只有另外择日。而那种原本成绩就不理想的人，当然考不好，因为在盖高楼的过程中，到处偷工减料，有的连基础都用腐烂的材料，不等封顶房子就倒了。

　　此时，天上下着毛毛细雨，滴滴溅落我的心上，令我不禁打了个寒战，接到女儿的电话："妈妈，我今晚想到令狐冲饭店吃晚饭，你有空吗？"

　　"好，我们一起去，我刚好想和你聊聊天。"

　　一到令狐冲饭店，只见店门口站着不少人，全都在排队，我心想：够呛，今天肯定得等很久。这时女儿拿着个取号单冲着我说："妈妈，刚好轮到我们了。"

　　紧接着，母女俩便进了餐厅，我们就座后，她点了餐，她对我说："妈妈，我今天感到头很痛，很难受。"

　　我们相对而坐，可以好好地交流："元洁，你觉得难受就放松一些，早点睡觉，今晚不做作业了。妈妈从来都认为读书是一辈子的事情，希望你长大以后，能有一份自己的工作，同时，有一个自己喜欢的业余爱好，执着地去追求，这才是最重要的。"

　　随后，我们又开始了交流："我是有点儿傻，可正因为我的傻，你爸爸才会那么疼爱我，傻人有傻福，知道吗？"

　　"知道。"女儿点了点头。

　　"我给你看个评论。"女儿接过我的手机，认真地看着我转发了文章《"少女妈妈"之痛：自己都养不活，怎么养活娃》下面的评论：自古以来，每个人都要为自己家庭负责，父母是孩子的第一位老师，不能以挣钱为借口出外打工而不管孩子。这是违背社会发展规律的！每个人都要靠自己的能力活着，不能什么事都寄予社会的帮助，要对自己的每一个行为负责，不能只是有动物本能的行为！

　　我对女儿说："她所说的只是其中的一个情况罢了。总之，国家这么大，各种事情都是有可能的，我们身为其中一个公民，我们先把家安好，为那些贫困的人尽一点儿微薄之力。妈妈希望你像我一样，用2%的收入资助贫困的孩子，因为不管你多富，都有人比你更富；不管你多穷，总有人比你更穷。2%的收入不会对你的生活有所影响，这对你今后的人生会有很多好处，人都说物以类聚，人以群分。不管哪个人都不会永远富有，更不会永远贫困，你把受助者当作亲人，你会收获到强烈的幸福感的。很多人觉得上苍特别厚爱我，这也是肯定的。当然，我付出的比一般人多，人要先学会付出，只有先播种才有可能收获，没有播种就想收获简直是异想天开。"

　　"妈妈，我懂了，要不要再喝点茶？"

　　"你坐着看包，我去取，你需要什么？"

　　"雪碧吧。"

　　"我的爱心团队现在实在太微小了，现在有三五个大学生帮助我打理爱心书屋，他们的脑子里想的全都是如何购书去资助，这花费太大。我希望你上大学后帮助我打理，大学里资源非常丰富。如果能有同学们帮助，把他们不需要的书捐出来，那多棒呀！"

　　元洁点点头。

　　当我们从令狐冲出来时，看到民俗园那儿人群熙熙攘攘，只见他们搭起了戏台子。一个打扮精致的年轻女子唱了起来：

东西南北尽人家，讲起诸娘百样花。
麻面诸娘爱涂粉，癫头诸娘爱戴花。
定虫诸娘食无做，勤俭诸娘会做家。
读书诸娘八道理，烂拌诸娘无洗脚。
惊症诸娘少讲话，好高诸娘假巴师。
性急诸娘爱拍团，呆恶诸娘爱冤家。
奸狡诸娘惊侬客，不孝诸娘骂台家。
肯做诸娘会起早，懒汉诸娘贪酥巴。

有福诸娘做奶奶，纳闷诸娘曝不燋。

……

　　我们母女俩回家的路上，还在评论着听来的这段闽剧，我对元洁说："像这些也是知识，也值得学习。一个人一辈子可学的东西太多了，不可能面面俱到，所以，要有选择。你现在是高中生，学的是基础，我认为处理事情的能力比分数更重要，妈妈相信你是一个有理想的人，会把握好自己的人生的道路。千万不要认为高考很重要，上大学之后便糊里糊涂，那是最不成器的。人活一辈子就要学一辈子。像妈妈这样，有自己的人生追求。我资助的对象很多，你不必像妈妈这样做。如果你的收入有限，你完全可以只资助一个孩子，甚至一个月仅掏出十元，陪着贫困的孩子一起成长，都是很有意义的。"

第十一节　市质检

女儿这次考试考砸了，总分不到五百分，章腾一踏进家门，我便悄悄地对他摇了摇头，担心他说出什么刺激女儿的话来。

他进屋后，把大门反锁，走到女儿的屋子里，"宝宝，早点儿睡觉。"随之便是一阵剧咳，咳的声音嘶哑，约两分钟，随后，又吐了些痰。

"老爸，你的感冒怎么还没好？"女儿说着便深情地拥抱着章腾，"抱抱就好了。"

"好的，抱抱就好了。"章腾疲惫地接受女儿的拥抱，脸上却露出淡然的微笑。

随后，我们夫妻洗漱之后便上床睡了。

"她说填涂卡顺序都弄错了。总分还不到五百分。"

"她自己说的？"

"我对她说三十年前，我和你参加高考前的省质检，我俩的总分都不到五百分。她说现在五百分以上的人比我们那时高考的学生人数还多。我便问她有没有五百分，她便生气了，说和我说话没意思。承认她没有考到五百分。"

"看来现在才有高考的味道。"

"人家为了高考奋斗一整年，她前一段时间玩得也够舒服的了。现在开始学习也挺好的。"

"一个寒假都在玩，开学后又到处拍照，哪像个高三的学生？"

"这次考差了也是她的幸运。一上高三整天就在家待了四个月，现在想好好努力也是喜事。"

我嘴里说着这样的话，心里还是有点莫名的沉重。

又过了几天，当女儿和我聊到英语考试时，说了句："我怎么越读越差？"

"也许在家里读书的效率不如学校。"

"你们都认为我在家里没读书，我把老师要求的都读了。"她边说边泪流满面，伸手去取抽纸。

"对不起，我说错了，不生气了。"

"你这样说，我不舒服，流泪也是正常的。"她边擦眼泪边进屋去了。

再过两个月，女儿就要高考了，我渴望她能利用好现在的每一天，我深知唯有满满的自信，同时又脚踏实地地学习，才能取得好成绩。

我想：我们会不知不觉中给孩子展示不好的东西，对孩子本身的价值观、世界观、人生观的形成带来负面影响。

第二天傍晚，当女儿踏进家门时，我便对她说："元洁，那天，你组织摄影活动，她们在我们家里住了两天，她们都是你的好朋友，是吗？"

元洁点了点头。

"你长大后，肯定会成为一个出类拔萃的人，俞敏洪说要看一个人是否成功首先看他朋友多不多。所以，你肯定会非常棒。"

我深知鼓励教育不但没有侮辱色彩，而且有很大激励色彩，她被我肯定后，心里便开心了，因为她有很大的快乐成长的空间。

人的成长是一辈子的事情，绝对不是由考试的分数来决定的。

每进步一点点，都要鼓励她。当分数考得更低的时候，你要告诉孩子，这次可能是偶然的失误，爸爸妈妈支持你，千万不要打击孩子学习的积极性。

在每个人成长的过程中，人品教育、心情教育、鼓励教育就像三道丰盛的补品，像种子需要的阳光、雨露和矿物质，要不时地给予，才能让它长得更好。

第十二节　还是我的妈妈好

当我到家时，元洁靠到我肩膀上，低声说了句："还是我的妈妈好。"我吓一跳，盯着她的脸，以为会看到泪花，没有："怎么了？发生什么事？被谁欺负了？"

"隔壁的妈妈在骂儿子。"

我走进元洁的屋子，听到那个妇女在破口大骂："你做作业时偷看电视，怎么读的书？像你这样不好好读书，长大没本事，将来连老婆都娶不到！"

只听到一阵乒乓声，有桌子推倒的声音、哭泣的声音……

过了一会儿，有人敲门，我打开门，一看，是我的邻居蒋先生，他慌慌张张，身上还有血迹。

"医生，快，到我家里帮我老婆看一下。"

我连忙提了出诊箱跟在他身后。

我们下了楼梯，随后又上另一座楼，我们两家只是隔了一堵墙，是同一个院子的，只是交流得比较少罢了。

只见他家的地板上有不少的鲜血，他的妻子用毛巾捂着鼻子。

"您怎么了？怎么这么多血？"

他耸了耸肩膀，不好意思地悄悄指了指里屋，低声说："被儿子干了一拳，医生，我儿子一直念叨您的好，您劝劝他。"

"王强，出来倒杯水给林医生喝。"

一米八的王强倒了杯茶端过来给我，我低声地问王强："你今天怎么了？"

"我妈骂我……"

"哦，她该打，是吗？"

"林医生，我有错，我不该打她。可是她侮辱我。"

我帮她进行消毒，并且压迫止血。过了不久，血止住了，在我的开导下，王强向妈妈赔礼认错后，我开了些止血药和外用药便离去了……

孩子的成长需要妈妈的善良，女人拥有善良的品行是家中的珍宝，要比秀美的容颜、横溢的才智更加让人迷恋。一个美满的家庭不必鲜衣美食，也无须金玉满堂，只要拥有善良的妈妈，便是最大的福气。

一个孩子的教养、友善、责任感、主动性、抗挫能力，一定都有她父母的功劳。

龙应台说，所谓父母子女一场，只不过意味着，今生今世不断地目送他的背影渐行渐远。

为人父母的终极使命，其实是培养出适应社会的孩子，孩子能在社会上活得开心、顺畅、如鱼得水、游刃有余，这才是作为父母的最大成功和最高荣誉。

第十三节　妈妈出车祸

高考的脚步声越来越近了，医保阳光平台的改革势在必行，半年的医疗考核，执业医师两年一次的考核申报，公共卫生面对面的建档……太多太多的事情排山倒海似的压过来，当我忙碌于这一切时，我的电话响了："你妈妈被车撞了！"我匆匆忙忙地赶到店里，只见妈妈坐在椅子上挂瓶，她不停地抱怨着："你怎么开的车？我在人行道上，我突然感到被撞了一下，以为是垃圾车剐了我，我想不到是整辆大汽车朝我轧过来……"

妈妈唠叨个没完没了，我不停地劝着："挺好的，被车撞了，能这样嘻嘻哈哈的，看来没大问题。"小钱很抱歉地报了警，同时又拨了保险公司的电话。直到妈妈要上洗手间，我们才发现妈妈站不起来，右下肢非常痛，我担心髋关节骨折，七十多岁的老人家，肾功能不全，这可如何是好？大家一起帮忙，真可谓七手八脚，搬出了坐式便桶，想尽了各种办法，才帮助她排了一次尿。我即刻拨了120把妈妈送到省二医院拍CT片，取药，等结果，直到傍晚，小钱劝我妈妈住院，妈妈坚决不住院，小钱亲自把妈妈背上小车，送她回家。我得陪着妈妈，直到她能够站起来自己解决大小便。

元洁得知后，问："外婆严重吗？"

"站不起来。我们把便盆往屁股下面塞，很不方便。"

"那挺严重的。"

"你和外婆说说话。"

妈妈接过电话。

"外婆。"元洁说完这句便沉默了。

"元洁，外婆没出息，本来这时候是你最紧张的时候，你妈妈应该去照顾你。外婆不争气呀。"

……

元洁没再说话，听外婆唠叨着……

妈妈放下电话后，感到很幸福："元洁真的很聪明。"

父亲很惊讶地问："元洁会打电话给外婆？"

"长大了呀。"我笑着答道。

……

在高考之前，妈妈发生这样的事情，我轻微地摇了摇头，笑着对妈妈说："我考全科主治医师时，你也是摔伤了，躺了一段时间。"

……

妈妈屡次催我回家照顾元洁，我不敢离去，爸爸已经八十岁了，妈妈又不肯请保姆，我早上赶去单位上班，下午、晚上照顾妈妈，元洁倒也乖巧，凡事都能自理，有时在家温习功课，有时身体欠佳，偶尔要求我帮她请一两天假，日子飞逝而过……

第十四节　临近高考

　　在高考逼近的日子里，气温骤然上升，人们似乎都更加烦躁了，妈妈的下肢仍感到无力，整个身体越来越不如意，我带她到省二医院抽血化验，肌酐升到了710，血钙降得非常低，血钾升得比较高，甲状旁腺素更是高到了一千多，魏主任一看化验单："你妈妈的各项指标怎么加得这么快？赶快住院，你这个结果是八天前的，现在可能升得更高了。"

　　我连忙拨打电话给妈妈和高章腾，同时去医院办理入院手续，妈妈很着急："哎呀，怎么会一下子这么严重？魏主任有没有说什么？"

　　"你在家冲个澡，章腾一会儿就去接你。"

　　妈妈一边整理东西，一边唠唠叨叨，父亲不相信："医生吓唬人罢了，哪有那么严重？不要去医院。"

　　我交了费，把一切料理好后，匆匆忙忙地上了的士，马上意识到自己把电动车扔在医院门口了，赶到妈妈家，等章腾到家后，大家一起匆匆吃了午饭，妈妈一会儿整理衣服，一会儿上洗手间，一会儿拿一些日用品，忙碌了好一会儿，父亲也要和我们一起送妈妈去医院，妈妈怎么也不肯先上电梯，担心着："你们都出来，我来关门，不然，我不放心。"

　　在这一段日子里，我请了个护工照顾妈妈，每一天抽空去处理一些琐碎的事情，有时，也陪妈妈呆一会儿。女儿倒挺乖巧，妈妈常常催我赶到桥南照顾女儿："高考很重要呀，你赶快去照顾她。"

　　女儿很懂事，只是道了句："等我高考结束，去医院看外婆。"

　　我常常用调皮的语调逗妈妈开心："魏主任说，你妈妈那身体，不用别人碰她，她自己摔到地上，都会全身散架，这么快就能站起来走路了，奇怪。"

　　妈妈向护工解释："我以前是茶场工人，天天从事体力劳动，那一箱又一箱的茶叶，堆得高高的，有时不小心压下来，我们都得承受，我也算是一个有武功的人。"这句话逗得整个病房的人哈哈大笑。

妈妈对护工很不满意，每一天都在埋怨，第三天，她对我说："昨晚，我半夜低血糖发作，叫了几回护工，她都在打呼噜，我只好自己起来拿饼干、倒开水。早上，我问她是否知道我起来吃点心，她说她知道，就是不想动，她说她哪儿像我这么神经病，半夜不睡觉。"

我一听，便恼火了，冲到护理室，说明了情况，妈妈的专职护士连忙过来："阿姨，你有任何需要，随时按铃声，我们都会及时赶过来的。"同时，迅速换了个新护工，庆幸的是，这个新护工与妈妈很投缘，做事也积极努力，她得知后天便是女儿高考，对我说："大姐，你放一百个心，我和你妈配合得很好，她和我在病房里一起唱歌，昨晚，护士还过来劝我们要小声一点儿，不能影响其他人休息。"

妈妈听从医嘱，积极配合着治病；我忙着杂七杂八的琐事；女儿忙着自己的学业；章腾忙着诊治病人；父亲忙着送中药、做些排骨汤给妈妈……虽然，彼此有时也磕磕碰碰，倒也其乐融融。

第十五节　高　考

久旱逢甘霖，他乡遇故知，洞房花烛夜，金榜题名时。高考是人生四件大事之一，在高考的前一天，学校放假，章腾和我一起赶到桥南陪女儿一起吃午饭。虽然一家人天天在一起，周一到周五，女儿上学，章腾早晚得上班；周末，女儿又要参加拍照或者与朋友聚会。一个月一家三口能聚在一起轻轻松松地吃一餐饭是屈指可数的。

当我们一家三口坐在餐馆吃饭时，家长群中发来："这三年，我知晓你的辛苦与付出，知晓你的悬梁刺股，知晓你的挥汗成雨，我更知晓你的理想与远方。剩余这几天，我不会再对你说：努力，努力，再努力；学习，学习，再学习。几天后，不管你是开出了雍容富贵的牡丹，还是圣洁清纯的雪莲，抑或是无人问津的平凡的蒲公英，只要你茁壮于土地，缤纷于社会，绽放于世界，我都会为你人生的惊艳鼓掌。不管你的成绩如何，6月8日晚上，我会用张开的双臂将你紧紧拥抱，我会在你的耳边告诉你：无关胜负，你永远是我的宝！我想让你知道的是：世界上最欣慰的事情不是高考成绩，其实是你的发芽、茁壮、绽放时，我恰好与你同在，我会为你的每一次进步鼓掌。"

我的内心总觉得这段文字分明有着某种莫名的压力呢？因为这段文字仍让我觉得高考的这一天与其他日子不同？

次日一早，我陪女儿一起去考场，我担心地问："你能不能让我看一下身份证和准考证，其他东西都不重要，这两样一定要带。"

女儿生气道："我出门时，刚刚看了，不用了。"

"让我瞧一眼吧。"

她不耐烦了："你这不是增加我的心理压力吗？"

我便笑了："反正都是我的错，谁让我把你生出来呢？"

175

她顿时被逗笑了。

"昨天，我遇到一个问路的家长，他得知我在学校附近租了房子，问我租几天，我说租了三年。他很惊讶，以为我们是为了高考才租的房子。他说了句：这两天很重要呀。我笑着问他：你认为人生的哪一天不重要，难道我们可以哪一天不活在世上，第二天再重新活过？"

女儿开心地和我聊着各种琐碎，她撑着小雨伞，对我说："妈妈，这不是遮阳伞？这是雨伞。"

"我和你爸小时候连伞都没有，纵使用斗笠也是破烂不堪的，哪还分得出什么遮阳伞？昨天，你说吃火锅时，牛肚只能煮十五秒，我还是第一次听说。所以嘛，你教会了我许多东西，常常有人问我：你女儿到底是你生的还是她生了你，到底谁教育谁呀？"

女儿扑哧一声笑了……

"妈妈，我中午不回家了，走来走去很辛苦，我到同学家休息，她家就在考场旁边。"

我理解孩子的独立性，可她中午从来没有午休的习惯，万一到同学家里睡过时间，怎么办？

到了十二点，我发了条信息过去："元洁，把手机调为下午两点闹铃。不管早上考得如何，都是过去时，人生便是一步一步地向前走。宝贝，你永远是爸妈的骄傲，我们爱你。"

没过多久，她回了句："好。"

到了下午一点四十分，倾盆大雨倒了下来："元洁，雨很大，需要伞就买，别心疼钱。"

过了十几分钟，她发来："同学借了把雨伞给我，我已到学校了。"

从这些信息中，我能感受到女儿长大了，成熟了，也能体贴地把温暖送给父母了。

第十六节　高考之后

　　我曾以为高考之后，孩子便清闲了，可女儿对我说："妈妈，我们租的房子不要急着退，我还要去上学。"

　　我随后才知道孩子还要参加英语口语测试、领高中毕业证、拍毕业照……

　　有一天中午，我接到女儿的电话："妈妈，你能不能陪我去买衣服？我想买完衣服后去医院看外婆……"

　　我把手上的杂事都甩给了章腾，陪着女儿去了宝龙广场。

　　我陪她挑选衣服，当她从试衣间出来，我发现她猛然间长大了，挑的衣服不仅得体，而且价廉物美，我望着另一套，用商量的语气问："如果你喜欢，也一起买下来。"

　　"妈妈，价格太贵，而且我也没那么喜欢。"

　　随后，为了赶时间，我招了辆的士赶往医院，女儿和妈妈聊了十来分钟后，便要离去："外婆，我去浮村看一下外公。"

　　"不用去了，过两天，外婆就出院了。"我妈阻止道。

　　"妈，你呀，她想去看外公，看了你就不要管外公了？"

　　妈妈忍不住笑了。

　　我的爸爸一见我们踏进屋里，笑得合不拢嘴。

　　次日一早，元洁又赶到了北尚，和她的奶奶一起吃午饭，她对奶奶说："奶奶，你不要离我这么远，靠我近一些嘛。"

　　随后，元洁坚持接奶奶到别墅住。

　　过了几天，我的婆婆回到北尚，很多邻居问她："你去哪里了？想找你玩都没看到你。"

　　婆婆得意极了："我去别墅住了，这儿住几天，那儿住几天，像旅游。"

元洁的孝顺让老人们开心。于是，不断地有亲人往元洁的口袋中塞红包，元洁很惊讶地问我："妈妈，他们为什么要给我钱？"

"你的成绩优秀，他们乐意给你，你要记住他们的爱，长大后，挣钱了，也要拿钱给他们花。"

她点了点头，仅收下一小部分，其他的交给了我："妈妈，我也把这里面的钱拿出五百元买书捐给爱心书屋。自己留几百元花，其他的钱放在你那儿交学费用。"

当我把这点点滴滴发到公众号后，陆续收到网友们的祝福，有个朋友对我说："你真是天底下最幸福的女人，我都妒忌死啦！哈哈！你看，天底下最好的男人被你找去当老公，最孝顺的孩子又是你的女儿，大家都说现在的孩子很自私，像你女儿这么懂事已经找不到了。祝你永远幸福快乐！"

女儿想去海边拍日出，我们一家人便在海边留宿，我们在天未亮便前往目的地，浓浓的雾遮住了视野，雾使簇簇枯草开放出簇簇霜花。我深知最成功的父母，就是"活出孩子钦佩的样子"，在灵魂和精神上足以担当对孩子的引领。

大家都知道不成器的孩子身后，都有不靠谱的父母。

想要一时的繁荣，可以种花，想要十年的繁荣，可以种树，想要世世代代繁荣，必须尽可能多做善举、播种仁义道德和正能量思想。

世界上有三种人：第一种是失败的人，永远在解决昨天的问题；第二种是平凡的人，永远忙于今天的事情；第三种是成功的人，永远在尽自己能力去多做善举、帮助该帮助的人……并且规划明天的梦想！记着播种善意，帮助他人，并学会规划明天，只有这样坚持不懈做善事……感恩一切，才能够收获精彩的人生！

一直以来，我都很喜欢孩子，我不仅爱我的女儿，也爱那些不曾谋面的孩子，有一天，我接到一个小女孩儿的电话："阿姨，谢谢你寄来的图画书。"

"哦，你想和阿姨说什么？"

"我想说，阿姨，再见。"

这香软甜糯的童言，令我享受到心灵深处的甘甜，银屏的远方不经意的一个拥抱即可逗笑全世界的花儿；一个稚拙诚恳的飞吻，足以抵得过春风十里，真叫一个山明水秀、风光潋滟。每一个孩子都是一朵含露的玫瑰。

这个清纯的小姑娘与我相逢多次，她和弟弟一起住在我家里，与我一起逛三坊七巷，登森林公园，手牵手到新华书店，很多人以为他们是我的孩子，女儿得知后，笑着说："怎么这么多人和我抢妈妈？"

"你同学的父母都在为孩子准备上大学的被褥、衣服，妈妈糊里糊涂的，啥也没安排。外婆说我是个不称职的妈妈。"

　　章腾笑着说："不要这个不合格的妈妈。"

　　元洁把手搭在我的肩膀上："我可舍不得。"

　　章腾逗道："我帮你找一个新妈妈。"

　　"反正也找不到更好的了，将就一下吧。"元洁的话逗得我心花怒放。

　　清纯的女儿有着明艳的快乐，我渴望能携着女儿的手走过春的明媚、夏的热烈、秋的丰硕、冬的纯净，让爱永远驻留……

第十七节　港澳游

元洁马上要上大学了，爸爸妈妈一味地责备我不送元洁去学校："她不让我送，我还能怎么办？"

又过了两天，爸爸郑重其事地问我："你难道连上车那一刻也不送她吗？那么多的衣服被褥？"

"她昨天往学校里交了六百三十元，老师会把草席、被子、枕头这些东西放在她宿舍的床上。她随身带两套衣服，其他的打包好，等她到学校时，让我快递过去就好了。"

爸爸妈妈欣慰地叹道："这孩子真是太聪明了。"

元洁安排提前去学校，因为她想去上海迪士尼玩，随后再去学校。章腾对我说："她将在杭州待四年，怎么可能没时间玩呢？我们全家都办了港澳游的护照和签证，我们还是一起去香港澳门玩一趟吧，以后，更难找机会了。"

于是，我们计划9月3日一家三口去旅游。他们父女俩购买了动车票、订好了香港、澳门的宾馆房间。

即将去游玩的前一天，中央气象台预报："今年第16号台风'玛娃'预计于9月3日前后在广东中部一带沿海登陆。受此影响，厦深铁路沿线将出现大风、强降雨天气。为确保旅客运输安全，减少台风影响，深圳北站暂停预售9月3日经厦深铁路往潮汕、福州、厦门等方向的动车组列车车票。"

元洁舍不得取消这趟旅游，便问章腾："台风具体会出现在哪儿？我们如果今天就到了深圳，明天可以去香港玩吗？香港有台风吗？"

"香港没有台风，可能会有雨。"

"那我们今天下午就去，可以吗？动车票可以改签吗？"

我和元洁强烈建议改签为三点多，可章腾说："越早到达深圳越安全，越迟越可能遇上台风。"

最终，动车票改签为两点四十分，我们一家人匆匆忙忙地整理东西，洗衣机仍在运作，元洁用手机呼叫快车，她认为这样虽多花一点儿钱，但非常方便。

"还有两分钟就好了。"我希望能晒了衣服再出门。

"来不及了，妈妈，我叫的快车已经到小区门口了。"我们只好急急忙忙地外出，不管这些衣服，只能等香港回来再重新洗过。

一到深圳，我们便住进了宾馆，次日一早，我们三人便前往香港旅游。

章腾历来是非常节俭的，他觉得外出旅游只要开他的长途漫游费和流量费足矣，我和元洁只需分享他的Wi-Fi，不曾想在旅途中，他的网络经常没法开启使用，我便建议再开启一个电信的流量，章腾执意不肯，他说："移动都不行了，电信怎么可能有用？"

元洁常常纠结地叹道："移动真是一动不动呀。"

我们一到香港便进都会海逸酒店，寄存了行李之后，便去旅游，一路上，天上不停地下着雨，我撑一把雨伞，章腾和女儿合撑一把，女儿带着我们前行。

3日中午，女儿带我们去铜锣湾的一家兰拉面馆处午餐。我们走街串巷，我心想：吃个午饭犯得上这么辛苦吗？随便哪儿坐下来就行了。章腾朝我摆摆手："这次游玩由她安排，听她的。"差不多走了四十分钟，终于到了一间紧掩的木门处，元洁轻轻地敲了敲门，一个服务员出来了，让我们进去排队，随后，陆陆续续有人来，大家依次坐在木椅上，那个服务员邀请我们跟着她前行，我们在她的带队下到了另一间宽敞的屋子里，每个人按位置坐好，每个人都是独立的，像个小房间，左右都有木板隔着，得身子向后靠才能互相说话，前方一块小布帘子，座位上摆放一副筷子和一个流出清水的水龙头，还有一张清单和一支铅笔，想吃哪种口味的便自行打钩，我挑的自然都是清淡型的，元洁挑的是麻辣型，章腾的是较辣型。

不久，一个男服务生端着面呈过来了，放在食客的面前，随手一拉，布帘关上了，食客便开心品尝，章腾不住地称道味道极佳，他对元洁说："我这碗面味道太好了，你妈妈挑的是清淡型的，估计不好吃。"

"很好吃呀，味道实在太好了。"我强调一句。

"喜欢吃，可以再加面，汤余半碗时，就要求加，味道才会好。"元洁补充道。

我们又加了一次19元的面，一餐下来，三个人共三百多元。在香港那地方不算贵，觉得这餐面条很值得，一直令我回味至今，不知其配料到底是怎么调的。

元洁道了句："现在是旅游淡季，如果是旺季，有时得排队等两个多小时呢。"

　　我很惊讶地问元洁："你怎么知道这个兰拉面的？朋友告诉你的吗？你好像回自己家似的。"

　　她微笑着说："上网查的，也问了些朋友。"

　　下午，我们前往太平山，惊险奇特的缆车旅行、迷人壮阔的维港夜景、惟妙惟肖的杜莎夫人蜡像馆、汇聚众多美食的凌霄阁是太平山的四大热点，最令元洁动情的自然是在山顶上拍整个城市的夜景。

　　在这次游玩中，我迷路了。我向一个瘦高个子的警察求助："我刚才上洗手间，出来后，走错了，找不到我老公了。"香港警察倒挺热情，把我带到了一个洗手间，我对他说："刚才走的不是这个洗手间，我从洗手间出来后，走迷路了，找不到我的老公和女儿了，您能不能拨个电话或者发条短信给他？"

　　他用添加好友的方式向我老公，留言："你的妻子在山顶观景台。"我心想：既然短信发出去了，我就不能走得太远。否则，更找不到了。

　　警察仍有其他任务，我也不方便站在他身旁，便在他附近闲逛。过了半小时，我等得很心焦，这父女俩怎么回事儿？我用手机开通了国际长途漫游，拨了两个人的电话都没有人接听，我又向周围的人求助，有两个小姑娘帮我开了临时微信。又往他们父女俩的微信上发了信息，也没有回应。真急死人了，我真想在朋友圈中告诉大家，但又不知如何是好，难道我告诉大家我把自己弄丢了吗？

　　手机上唯一的信息便是香港住的宾馆。他们父女俩说等五点多还要登上最高峰，我再等一等吧，实在不行，等五点多到缆车的入口处去等他们。

　　这两个父女，在整个行程中，从没有告诉我要到哪儿，有什么安排，我像个木头人似的，连脑袋都没有带来。

　　紧接着雷雨从天而降，观景台的人全都去避雨，各个食品销售区便显得更加拥挤。

　　我心急如焚，四处探望，恰在这时，我看见了他们父女俩，于是，互相开始了埋怨。他们责备我："我们都站在厕所门口等你，你到底去哪儿了？"

　　"我就是从那儿出来的，可你们连影子都没有，我后来又问别人厕所在哪儿？人们七指八指，我转来转去，找到了两个厕所，但都不是原来那间，更晕了。"

　　"我们一直站在那儿等你呀。"我们三个人一起走到了厕所门口。

　　"我就是从这儿出来，可门口一堆的男人，他们都在排队上厕所。我吓坏了，就从另一个门出去了。"

　　"那些男人全都是站在那儿等女人的。"

　　"我一出来，就看到一个又一个眼神怪怪的，我以为我走到男厕所去了，吓坏了，就掉头往另外的方向走去。"

"他们是看到底是不是自己的家人，所以，只要有人出来，每一个人都会用心去看一眼。"父子俩一唱一和，错的肯定是我。

……

以前，我带女儿出门，担心把她弄丢了。从今以后，历史便翻开了新的一页，女儿总担心我迷路。不管哪一次上洗手间，她都要亲自陪着或者催她的爸爸紧紧跟随。

第二天，在乘坐地铁之前，元洁渴望能开通手机的长途漫游，我便伸手去掏手机，我担心站不稳，便靠在扶杆上，元洁埋怨道："车上这么挤，不要靠在扶杆上，别人没地方抓了。"

"我没靠着拿不出手机呀。"

"我又没急着要。"

是啊，她说得对，可下了地铁，我就更取不出手机了，他们父女俩走得比我跑得还快，我一路上都在追赶他们。我被她数落得有点儿委屈。

我便抱怨章腾："我说不出来旅游，你非要来。"女儿用惊讶的眼光看了看我，她知道我不乐意了。紧接着，当我们下地铁后，乘坐扶梯时，元洁对章腾道了句："老爸，你要靠扶梯右边站，不要站在左边。"

章腾苦笑道："女儿怎么要求这么严格？"

"这是做公民最基础的素质，你站在左边时，挡了别人的道，你难道没觉得很讨人嫌吗？"

从那以后，我和章腾都小心翼翼地按女儿要求的去做。

当我们到澳门游玩时，女儿在用公用电脑查地图时，我也提议道："你不要用中指操作，这不太好，如果对着人，人家会生气的。"

"我又没有对着人，我对着电脑呀。"

我补充了句："我是担心你用习惯了。福州人用中指指人是骂人的。"

章腾嚷嚷道："别说了，别说了。"

元洁的小嘴一翘："我又不是福州人，我不和你玩儿了。"

正在这时，乌云密布，闪电撕开了一道缝，雷声轰鸣，豆大的雨不停地砸向地面。我们被这迷人的雨景吸引了：雨的项链挂在蜘蛛的银网；雨的泪珠钻擎在芭蕉的绿掌；雨的珍珠凝在荷花的花瓣上，映着阳光七彩的折线……我们转进了大厅中，只见天色澄澈如水，蓝莹莹的，像隐约笼了烟雾，鲜翠如洗。此时的天空像一块靛蓝的法兰绒布，轻灵明丽；像一块透亮的蓝色玻璃，温润典雅。

我们三个人连忙取出手机，不停地拍照……

元洁带我们去新豪影汇看4D电影《蝴蝶侠》，入场时，参加一场新闻发布会，紧接着，我们很快进入了电影的场景。每一个人都要系上安全带，而且要把容易滑落的拖鞋之类收好，然后，我们每一个人都随着蝴蝶侠与外星小丑作战。一会儿飞上高空，一会儿潜入海底，一会儿又有炸弹在面前轰地炸开……

章腾感叹道："女儿，我真得跟着你混。"

至于香港海底公园的精彩、精致简朴的美食糖朝，澳门的巴黎人购物中心、威尼斯人等就不必在此一一详细述说了。

7日，我们结束旅游回家，由于元洁8日仍有拍摄活动，便渴望早日回到家里，她建议改签动车票。同时，她通过手机呼叫快车，进行预约，告诉司机将于八点二十三分抵榕。

到了深圳的动车站，元洁带我们走进粤菜馆，章腾私下对我说："她是要专门挑当地的特色菜，要吃得好，玩得舒服才开心。"

"现在的孩子与我们那个年代不同，我们都是以节俭为目标，他们没受过那些苦，不能明白我们的生活。"

"像马云说的那样，孩子就是要尽情地玩才能适应社会。"

"她确实很厉害，我都跟不上思路了。"

回家之后，元洁首先把那天扔在洗衣机的衣服又重新洗了一遍。她对我说："你把我们新买的衣服挑选出来另外放。不能放在一起洗。"我对章腾发了一肚子的抱怨："这孩子如此挑剔！对我指指点点的，这哪像我们生的？我们什么细节都不在乎，她倒好，要求一大堆，连个装衣服的袋子都不能随意？"

章腾笑着劝道："以后，你想和她一起去旅游也难找机会了。"

次日早上约九点钟，元洁起床了，我经过她的卧室到了阳台，只见她早已用手把新衣服洗好晒出去了。同时，她还把昨天洗的衣服也晒了，又洗了一些衣服。五天的旅游带回来两大包，她洗了一包，只是还没有晒。我晒出去后，再洗一包，便把这一周来所有的衣服清洗完毕。心中顿时感到一种无法言说的欣慰：女儿长大了，她不仅能独立处理日常事务，还知道体贴父母。

这五天的港澳游让我有很多的感触：

首先，我们通过争执磨合，彼此加深了理解，并且开始用心改正自己的不足。这是互相重塑的重要过程，一直以来，我们家的三口人都在彼此地影响对方，只是不曾留意罢了。

通过交流，我深切地明白了：不用说港澳，就是在我们居住的城市里，商业中心的物价都高于生活区，我们平民百姓一年中绝大部分的时间都在忙于生活，又有几次赶往人如潮涌的商业区呢？商业中心终究只是偶尔去玩乐的地方。

那些旅游之所的奢华令人叹为观止，就像身边的朋友羡慕我们一样，我们在羡慕他人之际，却忽视了他人平时的不断付出，人家也只是偶尔去游玩，人家也是前面的努力为后来的游玩创造了条件。

世界上每一个角落都既有富人也有穷人。家是社会最小的细胞，偶尔一两个小家庭的存亡似乎不影响整个社会，但如果较多的家庭遇到磨难，便是社会的巨大灾难。我渴望女儿能成为对社会有益的人，再高的理想也要从我做起，从小事做起。像女儿说的那样：具备公民最基本的素质。女儿能这样要求自己就已是我的莫大欣慰。她没有高呼任何口号，陶醉于自己的幸福乐园中。我深知在全国的每一个小县城甚至小乡镇，都会培养出出类拔萃，为国家、为人民谋利益的人，我渴望女儿能有爱心，向这些情操高尚的人学习，为国家、为社会奉献自己的一点儿微薄之力。把这些情操高尚的人当作我们在茫茫大海中前行的灯塔。

我们就是历史前行中的一员，不要把自己排斥在历史之外……

这一趟外出也让我着实看到了元洁的实力，我不用为她操心，不由得忆起马云说的一段说："让孩子玩，不然30年后他们将找不到工作。"章腾笑着对元洁说："你即将去杭州上大学了，好好玩四年吧，四年以后，如果找不到工作，就去阿里巴巴找马云，是他说要好好玩的。"我忍不住笑了，其实，在女儿初一叛逆期时，我便深知现在这个结果，因为那时候的她学习方法比我更好，只是当时实在太小了，不能让她走进社会的熔炉中。因为一不小心就可能被损毁，故而，我当时只有一个想法：只要能让她待在学校，学多少知识、考多少分都不重要。

其实，女儿是用自己的一颗倔强而执着的心把我培养成一个对教育有心的女人，正因为一份强烈的母爱造就了今天的我。

第十八节　上大学前的一封信

元洁，你好！

　　我的宝贝女儿，你马上就要离开爸爸妈妈身边去外省上大学了。离开家去独立生活也是人生的一大挑战。虽然，你以前也经常外出旅游，可那只是三五天，最多的也就二十天，这一次，你出门后至少有一百多天。在这样的时候，你的老师、同学们将与你朝夕相处，成为你人生中最亲的亲人。

　　昨天，我和你在聊天中，和你说了一番话，你一定要牢牢记住那句："心大了，事情便小了。"在人生道路上，与人发生矛盾或摩擦，那全是小事，你要尽可能把它们抛向爪哇岛去，不要让微不足道的小事影响自己的人生旅途。

　　一直以来，我从没有让你把高考当作人生的目标，我渴望你拥有一份养活自己的工作，同时有一个值得你一生追求的目标，这样的人生才会快乐、才会幸福。你确实在朝着这目标前行。

　　我笑着对你爸爸说："开学再忙，也没放假忙，今年暑假，更难见到女儿了，一家人一起吃餐饭都是奢侈的。"你的爸爸回答说："她是去工作。"是啊，抱着相机四处奔跑是你的爱好，如果不喜欢拍照，那人生该会多么无聊呀！你痴迷于其中，而且收获颇丰。你做到了我对你说过的话："女儿，如果你喜欢摄影，恰好你遇到了一个老师，你就在自己力所能及的范围内，尽情去付出，送他礼物，不要去计较他是否回礼，你不断地去付出，因为你从他那儿得到了滋养，获得了知识。最终收获最大的必定是你。"

　　那天，你遇到大雨，拨电话给我们，我们那一刻与你相距三百多里，不可能去帮助你。每一个人的人生都会遇到一场措手不及的大雨，冲刷掉过往的足迹，把人搞得很狼狈，既然躲闪不及，何不停下来静静聆听，静静观赏雨中的风景，也许在这狼狈中也埋藏着许多意想不到的美景。静下心来的人总能发现美，顺境也好逆境也罢，时常揣着一颗感恩的心去看待万物，生活就会很美好。愿你沐浴阳光普照，愿你有颗纯净的心灵，愿你有双发现美的眼睛，不管走过多少崎岖，都不忘享受一路的风景。

现在，你已经长大了，丘比特之箭必定将你射中，你一定要记住：在这个世界上，绝对没有十全十美的人。男人是用来爱的，不是用来管的。如果你遇到让你心动的男人，请千万记住：爱不是占有，而是付出。一个人如果爱上另一个人，他愿意为她付出一切，甚至愿意为她所爱的人付出一切。这才是真正的爱。所以，如果哪个男人追求你，爱你，他一定要以你的快乐为人生的最高目标，如果他以占有你为条件，你千万别答应他。那绝不是爱。你今后必将成立家庭，你平时很少做家务，但你成家后，一定要分担许多的家务，你要学会包容，更要学会表扬自己的老公，学会欣赏他、疼爱他，他才会扬长避短，才会更加出类拔萃，夫妻是互相重塑的。除了他，你要用心爱他的父母和亲人，因为家不只是两个人简单的结合，更是两个家庭的互相融合，我提前和你说这些，犹如学业上要提前走到起跑线上。用心去分析、去感受，公公婆婆爱儿子、爱孙子孙女便是对自己的爱，千万不要去计较其中的无聊琐碎。

宝贝女儿，十年前，很多人都说我不该用思想哺育你，只需教你知识，这十几年来的风风雨雨让我明白了，我们是一对最温馨的母女，我一直以你为骄傲，因为我们不仅能互相理解，还可以互相支撑。

曾经，我渴望在你十八岁时动员你去献血，可当你满十八岁时，我却退却了。因为你总是不知疲劳地、疯狂地去玩耍。献血不仅要避开月经期，献血之后还要适当地休息。我没有反对你献血，但我希望你抽空去献血之后，一定要注意休息。这也是人的自助，人首先要好好地爱自己，只有自己一切安好才有能力爱他人，帮助他人才可能让他人适时地帮助自己。

得知你已经结对子资助贫困的孩子，这令我感到很欣慰。你也可以抽空捐一些款到爱心团队，妈妈在三个团队成立了唐荷奖学金，当你捐款过去时，备注一下：唐荷成长助学奖学金。今后在学校读书时，可以与他人交流这方面知识，在学校时也抽空加入这样的爱心团队，与爱心人士做好朋友，让自己在付出时感受到幸福和欢乐。

路在你的脚下，终究是要你自己去前行。每一段行程都有美丽的风景，记住，家永远是你最幸福的港湾，常常与爸妈保持联系。

妈妈

成长之痛

初冬，点燃一缕心香，品一盏香茗，听一曲天籁之音，思索着孩子成长的过程，心情豁然开朗，似乎在岁月的怀抱中，寻找到了生命的真谛。不经意间，抬头看到墙壁上全家福的彩照，像一个小小的音符，在心湖上缓缓地划出一圈一圈的涟漪。

在女儿成长的漫长岁月里，十几个春天已悄然飘逝，女儿也随之渐渐地变化、长大、可人，不经意间，蓦然回首曾经的点点滴滴，才发现女儿身后那条踏满脚印的成长之路虽有不少令人欣慰的美好回忆，然而更多的是痛苦的挣扎……

思绪轻轻掠过如水文字，任何一个生命的到来均是爱的结晶。父母的爱孕育了新的生命，从受精卵的那一刻开始，便开始享受爱的赠予，母体犹如肥沃的土壤滋养着胎儿。出生后，长辈们的深爱才使孩子一天又一天地茁壮成长，渐渐地，到了而立之年，继而又因爱而传承后代……

成为好父母的精髓在于真正地了解你孩子的个性，针对孩子身上的问题，随时调整教育方法。世界上没有两片相同的叶子，也没有两个一模一样的孩子。所以，用心去了解你家孩子的个性，用最适合他的方式来对待他，"因材施教"才是最佳的教育方法。不然，办法再好，不适合你的孩子，也不会取得预期效果。

我不由得思索从怀上女儿的那一天的全过程，从受精卵开始，自从我怀孕之时起，我便承担起妈妈的职责，也许很多人听到这句话感到好笑。我渴望与大家一起分享其中的感受。那时，我的经济挺紧张的，但我是一个非常懂得过日子的人，我心想：一定要生个健康的孩子，不能太任性。于是，对于历来讨厌吃苹果的我，强迫自己每天吃一个，我买不起贵的，就买最便宜的绿色的那种，不管多难吃，我都会让自己吃下去。听人说酱油吃了后孩子皮肤偏黑，我便不触碰它。那时，我吃不起牛奶，我天天让自己记得喝豆浆。我的脑袋里啥都不装，只装着幸福和欢乐，宝宝便是我的一切。那时，在乡下上班，五个年轻人一起搭伙吃饭，由于我的病人少，院长担心我领不到最基础的工资，便让我一起承担妇产科的杂活，于是，我满怀爱和希望，每天打针、输液、洗针筒、观察病人、洗菜、洗碗，任劳任怨地做着所有的一切琐事，甚至有人当面对我说："有你在这儿，很多人都可以回家休息了。"我心想：如果我和他人计较，一来心情不好，二来吃不到那么多食物，对胎儿不好。当然，我也是个心直口快之人，想到啥都不放在心上。有时，为了增加营养，我会买整只兔子煮来吃，而独自吃又不好意思，便会主动请大家分享，有个同事装了一碗吃完后，说了句："兔子肉不太好吃！"我的双眼一瞪，故意冲他吼了句："不好吃都吃了一碗，要是好吃的话，一锅都没了，还轮得到我！"他冲我嘿嘿地笑着。

在女儿成长的过程中，我与他人的教育方法不同，独自走在这条荒山野岭，一次次的清角吹寒，一次次的冷月无声，一次次的流水落花，一次次地咬着嘴唇，掐着手指，谁能理解我在行走过程中的艰难，摔倒爬起再摔倒再爬起，我深知我就是连滚带爬也要前行，不管遇到什么，时光都在流逝……

我一路不停地捡拾着点点滴滴，也许不能流传千古，但可以美丽瞬间。

女儿从满月抬头，七坐八爬九站立到一周岁一个月能独立行走，一周岁三个月上托儿所。

她六岁上小学之后，便能独自上学，独自回家。

十一岁开始自己购买衣服。

十二岁上网淘宝。

十三岁到会展中心摆摊位。

十四岁开网店。

十五岁能独自通过手机购票、订宾馆……

十六岁便独自游走全国的大江南北……

十七岁，聘请南京的摄影师来福州拍照，同时组织了十来个女生一起参加，她安排所拍摄的各种镜头，我称她为导演。

十八岁，我们一家人去港澳游，彼此互相塑造。

路在她的脚下，在人生舞台上，她是她自己那个舞台的导演……

有句俗语说：富不过三代！我认为不对，如果用大爱作为指南针，引导孩子去付出、去给予，那么，我们的后代必将把爱代代相传，也许我们在物质上会有所欠缺，但我们的内心将会觉得富甲天下！

只要活着我们就是胜利，只要活着，我们就有希望。我似乎看到了：

　　所有的蝴蝶一同飞起，组成一只艳丽无比的大蝴蝶，拍着翅膀飞起来。多么震撼的美。泪水从我的眼睛里冲了出来，哗哗流淌，激动得使我也飞了起来，变成一只蝴蝶，成为它们中的一个，和这些蝴蝶一起绽放成一朵巨大的带金边的花朵！我腾空而起，朝着太阳的方向飞去，我要挤进蝴蝶的队伍中，与它们一起飞翔……

　　一种米养百样人，有的长成参天大树，有的绽放迷人的花儿，有的是顶起巨石的小草……我们深知树有树的伟岸、花有花的艳丽、草有草的顽强，多样化的世界才是迷人的，多样化的人生才是我们彼此相互生存的空间和条件。素质教育讲究的是个性化的培养，尽可能培养其兴趣，通过兴趣激发孩子的潜力……

　　我相信一个初出茅庐的年轻人不去曲意逢迎、不去投机取巧，只要踏实做事，就一定能取得成功。

　　那些回归常识、尊重奋斗的人终将洞见机遇，并最终改变世界。

尾　声

女儿上大学之后，告诉我们刚开学，花钱的地方多，开支大，一个月两千元不够用。我回复道："妈妈只能给你两千元，不该花的钱别花。省着点够用。"

她感到有些委屈："不该花的钱，你并没有给；该花的钱，你也没有全部报销。"同时发了个痛哭的表情。

我也深感歉意，向她道歉。同时，向她解释："妈妈只是心里怎么想就怎么说，希望你原谅妈妈。你已经十八岁了，能够独立处理自己的生活，实在不够用，可以去打工。不用说一点儿钱，只要爸妈能给你的，我们都愿意给你。人生之路得靠你自己走下去，爸妈无法一直牵着你走。我深知每个月控制你开支两千元犹如断奶，很痛苦，但这奶不得不断。"

作为妈妈，我仍然忧心如焚，隔三岔五地与她联系："千万不要向他人借钱，更不能借高利贷。如果你实在没钱用，向妈妈借，以后慢慢还。从你十二岁起，我们母女俩就实行AA制，你时而向我借钱，后来慢慢地还了款，不是吗？我们是相亲相爱的一家人。"

不久，女儿建了个微信群，群里只有我们一家三口。我们常常在群里聊天，在这个小小的家中，每一个人都是不可或缺的，我深知身为独生女的宝贝，没有经历任何的风浪，需要用大爱去滋养她。我悄悄地要求她资助一个贫寒的家庭，给对方寄书或旧衣服。过了一个月，当我提及此事时，她对我说："妈妈，我看到对方在朋友圈里，总是发谁谁谁给他发红包，我不喜欢这样的人。"我理解女儿，我也不喜欢这样的朋友。我很快便帮她寻找到另一家。于是，她们之间开始了朋友间的交往。（曾经，我也以为那个爱分享的受助人渴望他人的捐款，后来，在一些筹款活动中，我发现了他的名字，他是一个瘫痪的残疾人，竟然去捐款。虽然钱不多，十元、二十元……但非常可贵。后来，我发红包给他，他拒绝了，他说："我虽贫穷，但领了国家的低保，两个孩子也能帮我翻身，自己开的小食杂店还能挣点钱，日子过得还可以，不收您的钱，您把这钱捐给更需要的人。"两年后，我仍与女儿交流这个残疾人的故事，告诉女儿："他是怀着感恩之心分享，不能仅凭一点儿细节就怀疑人家的动机。"）

女儿不仅为受助的孩子买书，还特地为家长也买了书，她说："让大人也看看书，不闷。"

我们不停地分享着彼此的点点滴滴，有一天，老公问："买家秀也能赚钱吗？"

女儿："拍得好就可以，大家买东西也很用心看评价的嘛。刚来这儿，只能先学着做这些。"

老公鼓励道："祝你成功。"

……

我有时也会与他们分享光明书画院老师们的聊天记录，比如：

一群书友画院聚，
二言三语点题跋，
四笔五画出佳作，
六章七印乐哈哈！

【琴】声婉转最温馨，
【棋】局高深将帅兵。
【书】道怡情多俊美，
【画】风纯正卷丹青。
【诗】词赋曲韵难步，
【酒】缪醇香醉眼惺。
【茶】品红袍沁肺腑，
【花】开蝶恋正峥嵘。

一江春水尽开颜，
瓜秀秋艳瀚墨香。
墨染时光共相逢，
瀚海贤人聚光明。

还有一些猜人名的谜语，如：

共工本就合水神，
亦俏亦丽不争春。
德行美好乃本义，
宁静淡泊畅惠风。

我对她说："光明书画院带给我很多滋养，妈妈下次也要争取把画的作品送去参展。"

"妈妈，加油。"

"一个人的力量是非常微弱，每一个人犹如一个小水滴，太阳光一照就会蒸发得无影无踪。一个小水滴只有融入江河湖海才能不枯竭。所以，团队很重要，你在学校也要争取加入一些有意义的社团组织。把自己的人生融入历史的河流中，为社会做一点儿力所能及之事。"

女儿发来拥抱及快乐的表情。

当我把画的工笔画或山水画发过去时，她总是开心地点赞："妈妈越来越有才了。"

"你爸爸在用功读书，不久，将成为副主任医师。"

女儿道了句："我们全家都很棒。"

我竖了下拇指："宝贝，你是最棒的！"

有一天，我看到女儿对我的点赞："妈妈最厉害！"

我得意万分，老公道了句："抢的红包最多。"

我一看，呵呵，我刚刚确实抢了个金额最大的红包，感到有点儿郁闷，老公摇头晃脑地竖着拇指说："能抢到大红包也很厉害。"

……

这便是我们平凡且幸福的家。

历史的车轮在滚动前行，我们夫妻俩渐渐地变老，女儿在一天天长大。每一个家犹如社会的一个小小的细胞，似乎可有可无。在一万个家庭中，如果有一个家出现异常，可能不会对社会造成影响，但如果有一百个甚至三五百个家庭出现异常，社会将会出现不稳定现象。身为社会的一个小小家庭，我们每一个人都要做好自己的本职工作，把家打理好。我深知这点点滴滴未必能流传千古，但可以美丽瞬间，我渴望用心敲打自己的故事，留下一些感悟供后人借鉴。

　　这本小说即将付梓，借此机会，我满怀感恩之情，感谢思儿亭书画院、福州知青书画院、光明书画院、闽侯老年大学的老师们带给我莫大的滋养；感谢叶义隆、郑功良等多次帮我修改作品；感谢松溪县教育局副局长陈富兰抽出宝贵的时间下乡发放唐荷奖学金及书写前言；感谢陆续捐书到唐荷爱心书屋、捐款到唐荷成长助学奖学金的爱心朋友们；感谢感恩福建公益团队、甘肃省民乐县爱心团队、松溪义工联合会等各爱心团队的朋友们；感谢不断支持唐荷成长的亲朋好友们；感谢为本书题写后记的书画家洪俊懿老师，同时，也向所有关心我的成长的老师、朋友和亲人们表示衷心的感谢。

作者

2017年12月于闽侯

后 记

洪俊懿

　　强势教育，不知把多少好孩子毁了。唐荷是高考应试教育的失败者，但爱、感恩、善良为她点亮了人生的光芒……

　　人与人之间，孩子与孩子之间的智力，本来是相差无几的，要想让他们都长成参天大树，长成莽莽苍苍的大森林，关键在于良性施教。

　　应该把人本主义、人道主义的亮色像蓝天白云下的红旗一样，明丽地展现在孩子们的面前。首先让孩子们感觉到这个世界是明亮的、温暖的，是张开双臂迎接他们的！给他们这样的信心之后，再用爱的火炬引导他们，把他们塑造成懂爱、感恩、自爱与施爱的、高尚的人。这样，无论他们的成绩多少分，他们都是茁壮成才的有用之材，都会受到社会同样的尊重。

　　安定得叫人高枕无忧的教育绿洲是不存在的，我们只能互相学习、互相切磋、共同提高。

　　深者入黄泉，高者出苍天，大者含元气，细者入无间。新鲜的、活泼的、有着特异生命冲力的文字可以帮助老师、家长、孩子们打开眼界，换个角度看世界，换个角度对待教育，一定能使我们变得冷静一些，智慧一些，使我们的孩子走得更轻松一些，更出类拔萃，更超凡脱俗。

　　每一个人来到人世间，都肩负了一个独特的使命，这是独立的个体存在的意义。有的人能够发现自己的使命，最终成就了一番宏图大业；有的人没有发现自己的使命，最终碌碌无为，苟且一生。就像婚姻一样，冥冥之中，有的人找到了和自己相匹配的"唯一"，婚姻就幸福；有的人没有找到，婚姻就不幸福，至少不快乐。

教育的价值就在于唤醒每个孩子心中的潜能，帮助他（她）们找到隐藏在体内的特殊使命和注定要做的那一件事情。

一旦一个孩子认识到自己未来将成为什么样的人，就会从内心生发出无穷的动力，去努力实现自己的目标。对于人的成长而言，这种内生性的驱动力远比外部强加的力量大得多。

谁会把岁月的痕迹刻在路上，时常感悟，时常铭记。谁会与生活很好地对话，谁会用心感悟生命的坚强，谁会用灵体会生活的冷艳与华美，守候着一份澄明的心境。人生是一段发现自我旅程的过程，路要靠自己一步一步走出来。认识到自己未来会成为一个什么样的人，这个目标就像是远方的一座灯塔，能够不断照亮前进的道路。

每个人生下来就是一张白纸，在家庭、社会的熔炉中，不断地在上面涂鸦，直到把这张纸画得满满的。

人生这幅画到底该如何填涂？我想：首要便是活着，如果生命不复存在，一切都是纸上谈兵！如果生命在无限延伸，仿佛长了触须的昆虫不停地探索着未知的领域，当你在繁华地铁追踪世界的脚步时，当你在优雅咖啡厅谈情说爱时，或者是在梦的时空里飞翔，抑或任意遨游在高楼大厦间……这幅画是阴暗的还是亮丽的？内心世界的幸福快乐与否与外在的物质未必息息相关，一个心灵强大的人纵使身无分文，也能用平和的心境调和一切；一个内心脆弱的人纵使家资万千，阳光也无法照进来……

第一个填涂此画的应该是孩子的家长，继而是老师，随后便是身边的亲朋好友……乃至整个社会！

随着网络时代的到来，知识的更新换代飞速发展，除了知识、技能、分数、升学，还有更为重要的，比如健康、善良、乐观、执着、隐忍……比如阅读、音乐、旅行……比如家人、师长、朋友……比如选择、放弃、豁达、释怀……我们是不是辛辛苦苦地把孩子培养得越来越傻，越来越极端，心灵越来越荒芜！！

正如朝霞之壮丽，落霞之斑斓，春花之灿烂，秋叶之静美，天地间每一种生命都自有其美好，都需要我们笑着去尊重和欣赏。每个孩子都是天使，善待他们。心体折磨不是对他们负责，不闻不问也不是对他们最好的保护，凡事不是非黑即白，在管与不管之间，还有爱、温暖、智慧、期待、包容……父母和老师的教育功力也体现在这些点点滴滴上。

唐荷渴望用自己的纤纤细手把孩子的成长经历敲打出来，让人们通过其中的得与失进行反思，以适应日新月异的社会发展……